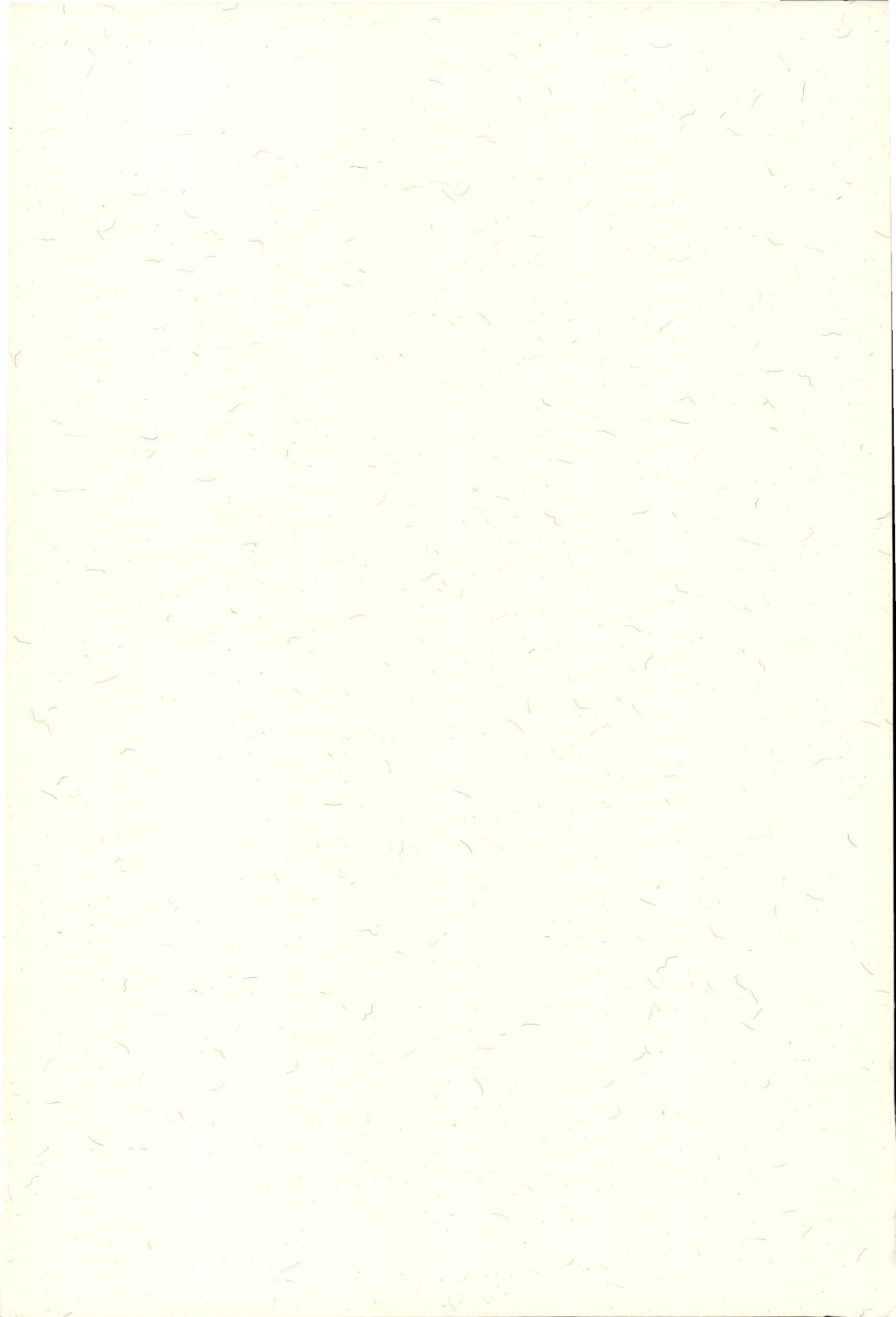

风物

何党生

著

黄河出版传媒集团
阳光出版社

图书在版编目（CIP）数据

风物 / 何党生著. -- 银川：阳光出版社，2022.12
ISBN 978-7-5525-6634-5

Ⅰ.①风… Ⅱ.①何… Ⅲ.①中国文学－当代文学－
作品综合集 Ⅳ.①I217.2

中国版本图书馆CIP数据核字(2022)第258121号

风物   何党生 著

责任编辑　陈建琼
封面设计　圣立文化
责任印制　岳建宁

黄河出版传媒集团
阳 光 出 版 社　出版发行

出 版 人　薛文斌
地　　址　宁夏银川市北京东路139号出版大厦（750001）
网　　址　http：//www.ygchbs.com
网上书店　http：//shop129132959.taobao.com
电子信箱　yangguangchubanshe@163.com
邮购电话　0951-5047283
经　　销　全国新华书店
印刷装订　四川金邦印务有限公司
印刷委托书号　（宁）0025080

开　　本　710 mm×1000 mm　1/16
印　　张　17.5
字　　数　290千字
版　　次　2022年12月第1版
印　　次　2022年12月第1次印刷
书　　号　ISBN 978-7-5525-6634-5
定　　价　58.00元

还 乡

——写在何党生文字旁边

何国辉

　　何党生为什么叫"党生"？他的回答是："因为那一年父亲刚好担任大队党支部书记，又添一男，全家高兴，便慎重地为我取名为党生。大概含有因党而生、为党而生之意。"根据何党生的自叙，1995年，他"怀揣大学毕业证书，顶着预备党员的荣光闯入社会"。那以后，无论他选择干什么工作，都因为"文字"对他的"偏爱"，又因为他叫"党生"，文字里便时不时流露出他"因党而生、为党而生"的意思。但是，他不矫情，他对党的那份感情是朴素的，真诚的。

　　他的大部分文字在诉说他的生活，关于他的童年、少年，他的父亲、母亲，他的女儿、妻子，他的同事、朋友，他的乡村、新农村那些庄稼、鸡犬、蓝天、白云、太阳、月亮、风雨、花朵和果实。他的大部分生活都是翠绿的，大面积的翠绿里仅有星星点点城市的钢筋水泥，这暴露了他的成长中的乡村生活背景，他除了有对党的一片忠心，还有着挥之不去的乡村情结，尽管现在他居住在城市。

　　我很好奇，文学写作和乡村生活背景之间是一种什么关系？我曾经把这个问题请教一个有深厚理论修养的朋友，但至今没有得到答复。这里面是不是包含了中国社会对文学是什么的理解，甚至有对什么是诗意生活的理解。

何党生笔下的城市生活是反诗意的，是碎片化的、平庸的、疲惫的、烦躁的，其场景往往被设置在小饭馆、小茶馆、门卫室那样的地方。比如反复出现在何党生文字里的申二，与他相关的所有事情都是些鸡零狗碎，比如《卡壳》里老婆过生日他没钱，《择校记》里女儿上学这样的小事把他折腾得像一条狗。老婆平庸，女儿平庸，他比她们更平庸，男人这样一个本该散发着雄性荷尔蒙的物种，被他活成了钢筋水泥间一只爬行的蚂蚁。

何党生无法，或者不愿完整地呈现，更不愿付出激情去写城市的生活。激情是有的，但仅仅在女儿从小学到高中的校园里——那是另一种激情，是一种混合了青春、梦想的激情，跟城市生活无关。

按这部叫《风物》的集子的编排顺序看下来，何党生的激情主要赋予了在《我的月坝》《四时龙潭如画来》《红樱桃绿沙河》《梦栖唐家河》那类文章里，以及《小名》《一缕阳光穿透黄土》《忧郁的母亲》《有一种呼喊的声音，涩涩的》这类文章里。前一类来自一个有着乡村生活背景的人的"近乡"情结，后一类则来自这个人的"原乡"情结。这两类文章中无处不在的拟人手法，拟人在骨子里仍然是比喻，各种比喻代表着对事物的各种格物功夫，使用拟人而不是比喻，暗含了与物我同一，而不是物我分离的态度。

悲剧是有的，但那也来自一个重返乡村的人对乡村的无限悲悯。

一旦不是这两类文章，何党生运用的就是小品文的写法，散文诗的写法，小小说、格言、箴言式的写法。他调动这些写法就像戴着白手套打磨石木手串，很想把一颗颗珠子打磨得透亮，好让它们闪烁出诗意的光辉，甚至哲理的光辉。但总有他打磨不亮的。没关系，即便泰戈尔写《游丝集》《飞鸟集》，也不是字字珠玑。读何党生的那些文字，我们就当是在看他的日记吧。

何党生和他的《风物》都属于乡村，《风物》属于他精神"还乡"的文字。这个如今寄居在城市，干着乡村振兴事业的人，只有乡村生活才能让他的内心生机勃勃，让他的文字流光溢彩。我也属于乡村，在何党生那些关于乡村生活的文字里，我呼吸自由，浑身通泰。

此刻，月光如水，我仿佛也开启了还乡之旅，而且置身于林中空地。

2022年5月20日于川北幼专艺术楼

目 / 录

长
风

细雨

扬尘

长风

我的月坝

月亮之下，山之巅，心之上，是为月坝。

四川广元城西四十公里，沿新修的公路前行，过河，再过河；翻山，再翻山；转弯，再转弯。停下来，呼一口气，再停下来，深吸一口气，人像变了个人，眼睛清亮起来，肺叶开始自由散开，身子高大起来，头似乎要顶破了天，伸手即可摘下一片云，除了树还是树，除了花还是花……这就到了广元市利州区白朝乡，一个离月亮最近的地方——月坝。

谁在月坝？

风在月坝。夏季的风，还吹成春天的模样。秋天的风，却吹出冬日的味道。月坝的风是清凉的，是爽爽的，是细软的，是小女子柔柔的身段，是小孩子细细的牙语，是母亲轻轻的责怒。风从房背吹过来，绕过低低的屋脊，穿过堂屋，行到房前屋后的树之间，再爬上山，进到林间，那些树齐声欢歌。风来，都在月坝留驻；风过，都带走月坝的清爽。

雨在月坝。它们轻轻地落下来，静静地滴在树尖、枝叶，密密地织在发间，慢慢地润湿土地；不经意间涨了小河，唤醒成群的蝌蚪和两三朵还在酣睡的莲。

月坝的雨，是淅淅沥沥的。走在青砖铺就的小路上，丁香一样的姑娘撑起的油纸伞不会被打湿，却湿了半截旗袍。

月坝的雨，是无声无息的。走在松林里，耳边有蚕吃桑叶的声音，却不见蚕的影子。雨落在松针上，顺着树丫流向皱皱的树干，到达树根，总没有声响。有一些雨滴从树枝间的空隙漏下来，停在灌木丛上；还有些雨滴直接到达林间的落叶和根须。林间的雨，可以看见枝叶上的晶莹，可以看到根须间的湿润，却不知道它们何时到来，何时停留，又何时离去。

月坝的雨，是忙而不乱的。它该去的地方一定得去，每一棵树，每一片瓦，每一条小河，每一块新翻和未翻的土地。它应该到达的一定得到达，每一位到来的人，每一只生蛋或不生蛋的鸡，每一条老态龙钟或活蹦乱跳的狗。有农人从田里归来，一手荷锄，一手拿着草帽，每根头发都顶着一滴雨水。我惊问，手中有草帽为啥还湿了头发？他说，头发渴了，也需要喝些雨水。

雾在月坝。这里的雾，不是从山谷升起的，而是从天而降的。它们快速向山下散开，像杜甫草堂旁的少妇浣着白纱，甩几下，就把几十个山头缠在一处。若你是武林高手，便可把那些山头当作高高低低的梅花桩，在天庭信步。近处，白雾似炊烟在你的面前和鼻尖流动，一伸手就可以抓起一团，揉一揉，扔出去——那雾却停在你的跟前包围你，久久不肯离去。闻闻，雾中夹杂百味，有新翻的泥土味，有刚割下来的青草味，有焚烧的秸秆味，有玉米在滚水中爆开的香味，有淡淡的肠子圈煎油味……

雪在月坝。去的人都说很美，很纯粹。我没见到，听起来就很美，想起来也很美，到时候去看看也一定会更美。

谁在月坝？

花在月坝。那些孤单的花，两朵黄苦麻菜，一树白樱桃，三株旱莲，几枝青蒿……那些扎眼的花，洋槐，七里香，麦江子，火棘子，曼陀罗，玉兰……月坝的花，不是主角，也不是奢侈品，却是点缀，是必不可少的饰物。

鸟在月坝。林中有鸣叫不休的蝉，我确信它们是从林海雪原空运过来的，不然不会在月坝凉凉的五月，还一个劲儿地叫"热死了，热死了"。还有麻雀、黄莺、布谷鸟……它们土生土长，土里土气，原汁原味地守护在月坝。

树在月坝。山上最常见的还是松树和柏树，坝里却全是黄桷兰装点四围。太阳从天上只走几步，就到达那些树的叶面。阳光刚坐下，那些叶子就闪出金光，通体明亮，让人一下想起刚刚出浴的杨贵妃粉嫩的脸庞。还有一棵年年长出新枝的歪脖子桑树，两棵三丈余高的皂角树……

谁在月坝？

月在月坝。这是月坝的本色，绝不虚传。

月坝的月，最近。站在月坝的地上，不用抬头，就可以看见月亮，看见月宫；伸出手去，就可以摸到月亮，触到玉兔的尾巴。

月坝的月，最亮。在月坝，可以看见嫦娥忧郁的眼珠子在转动，可以看见吴刚新添的桂花酒的成色。

月坝的月，最真。没有夹杂尘埃，没有裹挟城市的灯光，没有做作，没有虚伪，没有功利。可以照见内心，可以通透全身。站在月坝与月亮说话，就像小时候跟父母说话，就像在清水中随意裸泳。

月坝的月，最亲。天一黑，月亮就如期来到月坝。她与人谈谈心，倾听烦恼，享受喜悦，诉说衷肠，畅想希望。孩子们听老人讲故事，月亮就守候在他们身旁寸步不离。累了一天的李老汉一个人喝酒解乏，月亮就给他把盏，还偶尔偷喝几杯，为的是不让他喝醉。晓月从外地放假归来，她跟月亮商量，想在大学毕业后回到坝上。月亮喜忧参半，她要晓月问问她的母亲和自己的内心，什么样的选择都会有明亮的明天。

月坝的月，最新。从月坝的夜里看过去，远山，一只犀牛正在望月。月亮说，犀牛犀牛快下来，给我送趟快递，有一件电商货单从千里之外而来，他只要快递月坝的月光。货单上还留言：顺便寄上几个土鸡蛋，几块烟熏腊肉，几截腊味香肠，几颗玉米粒，几段乡音和几张走不动的老街的近照。

月坝，一处干净、清爽之地。在这里，可以自由呼吸，可以丢掉烦恼，可以安放疲惫。

月坝，一个风情、梦幻之地。在这里，可以直接踏进月宫，与嫦娥密语，与吴刚对饮，与玉兔嬉戏；可以在空地生火，可以在隙间搭棚，可以在密林深处的刺藤里唱情歌；可以遇见望月的犀牛，可以邂逅生命的惊喜，可以寻到想象中的美丽。

月坝，一隅留住乡愁、找寻乡愁之地。走得越远，离得越远，想要归来，只需归来，这里可以走心，可以顺心，可以安心。

月坝说，我在这里。只愿来了不想走，走了一直想着来。你在那里，我等你。

四时龙潭入画来

出广元城向南，沿南山而上，车行20余里，来到蓝天白云与青山绿水映衬下的一个村镇，就到了龙潭。

龙潭，因其踞跳蹬河与驿地河交汇处，时久积为深潭，潭中有龙出没而得名。旧为贫瘠农耕之地，今为利州全域小康示范之所。村民因地制宜，以生态为本，以农耕文化和民俗文化为魂，大搞庭院观光农业，村村修通了水泥路，家家建成了小洋楼，户户办起了农家乐。房前屋后绿树连片，村里村外花香扑鼻，园中枝上瓜果垂挂，都市田园风情无限。

春来，梨花白，桃花红。你若走出城池，游到龙潭，可看万树甜雪，可赏红肥绿瘦。坐在农家院坝，风中裹满花香。漫步在和平村的大花园，除了主色的绿，就是油菜花的黄，梨花的白。千口塘堰，盈盈春水起波澜。千亩茶山，灵灵雀舌舞翩翩。草木吐新蕊，人畜行早春。燕子绕梁，莺啭争飞。此时的龙潭，俨然一个天然氧吧，适合你尽情呼吸，适合你褪去臃肿，播种希望，放飞梦想。

立夏，樱桃还在树上，枇杷却已金黄饱满。苹果、青梨藏枝间，猕猴桃花谢生"弹丸"。麦穗正扬花，油菜籽已满。园中山中，成熟叠望。此时进到农家，生亮的绿，胀破你的眼。艳阳高照，凉风拂面，似无数双手拉起你，去院里屋里一叙再叙。品一壶龙潭春露，夹两筷春芽野菜，嚼三颗胡豆、豌豆，吃几片腊肉、香肠，啃几截猪腿、排骨，呷数杯荞子酒下肚，脸颊芳菲，浑身舒坦，不是神仙胜似神仙。此时的龙潭，俨然一个敞亮的会客厅，足以让你呼朋唤友、扶老携幼来此一聚一醉，足以让你释胸放怀，侃山论剑。

入秋，金黄遍野，硕果满枝。田中稻子笑弯了腰，树上果子坠弯了枝，更有园中坡间，红叶片片，黄叶翩翩。此时若到农家，做一回农夫，遍尝田间地中、树上架下的成熟与甜蜜。院中小憩，清风徐来，丰收的成就感顿生于胸。不需细闻，你可听到一路的叫唤声，那是从猪儿梁上吼过来的。你看那百米的长队，跑在最前面酷似小象的猪身上驮着一位手执长长五色布条、头扎着两个羊角辫子的小姑娘，中间排成的两列猪，个个膘肥体壮，最后出现牵住猪尾巴的十岁少年，躬身跑步唱着歌。余晖自西向东，穿过松树、柏树和青冈树，落在坡上，猪顿成金猪，两个放猪的少年瞬成"伉俪"。此时的龙潭，俨然一个巨大的仓库，农人们耕耘过后的幸福会把你团团围住，让你感觉到劳动的满足，分享与被分享都成了一种快乐和幸福。

冬至，银装素裹，红柿子却挂满树梢。顺着墨色的公路蜿蜒而行，半山腰，袅袅炊烟。此时你若到农家，可沿着炊烟的脚步一直走，就到了暖烘烘的屋内。炭火燃得正旺，炉上砂锅里飘出的土鸡与山药的香在空气里弥漫。你在室内一坐，喝一碗红艳艳的姜糖水，吃几个油炸豆腐包，斗几盘地主，搓几圈麻将，便可将一年的疲惫安放，将四季的劳乏消逝。亦可在雪后的早晨，沐浴冬日暖阳，沿着雪铺的石梯，上到元山，进到观里。道长长须飘飘，头上的白发一半由雪而染，口中热气升腾半空，暖湿一只只冻僵的鸦雀。阳光毫无遮挡地倾洒下来，处处龙潭通体发亮，温暖如玉。

龙潭——潭中有龙乎？龙潜深潭乎？不得而知。如有龙，正在沉睡中游动。如龙游动，定当不惧潭深，跃出深潭，升腾在天。祝福今日龙潭，呼吸自如，面貌全新。祈望龙潭明日，蓬莱仙景，美丽如初，幸福如初。

红樱桃绿沙河

沙河的樱桃红了。从山脚到山顶，从枝头到树根，从房前到屋后，从张家院子到瓦旋子，从乡村到城里，从脸上到心里，红在浸润，在流淌，在蔓延，在凝固，在阳光下闪亮，在四月的春风里歌唱。

应樱桃之约，"一号码头"呼朋唤友，我们行走十八公里，就到了一条小河徜徉的右岸一块空阔之地，"广元朝天沙河南华村樱桃免费采摘周"活动正在进行。人头攒动，狮子滚动，心激动。樱桃们一早从树枝上下来，乘着竹篓、筲箕、背篼停在众人面前。老者、青年、孩童、婴儿……个个脸上都铺满樱桃色的红。种植大户说，每年三月到五月，这里的山就格外地红，那是漫山遍野的樱桃坠弯枝头。沐浴在春天的阳光里，人走在树林间，就会听到满坡的笑声，那是樱桃们在欢呼和送别。它们沿着乡村公路，坐上汽车，进入高速公路，离开山坡和泥土，走进高楼与长街短巷，走进舌尖与肠胃。看看那位背靠沙河而立的老太太，那张用笑织满沟壑的脸，她嘴里包满的幸福，流淌在沙河四月红彤彤的阳光里。看看那年年牵挂、岁岁憧憬的半百汉子，那双轻轻抚摸樱桃枝条的满是老茧的手，他已把今年的收成揣进了贴身的衣袋。看看几个藏在狮子皮里稚气而童真的表情，红着脸，流着汗，来回奔跑不停。

当红从樱桃树上隐退，剩下的就全是绿了。沙河的绿，也是从春天开始的，到冬天还不止步。刚一立春，酱色的樱桃树枝上便跳跃出豆粒般的芽孢。然后，这一点儿绿便与白色的樱桃花抢时间，占地盘，将枝尖、枝干上一团一团的淡绿。很快，花落成泥，于是一棵棵樱桃树通体染上青绿，整块山坡罩上翠绿。花蒂间冒出无数个水灵灵的樱桃，一天一种体态，一天一种颜色。

红与甜总是连在一起的，正如这沙河的樱桃。红是熟的体征，熟却是甜的姿态。当樱桃果从青装换成红装，她便熟成甜蜜，熟得醉人。然而那些成熟的红，总易逝去，剩下的便是绿。绿作为一种生长的颜色，一种向上向外的状态，总是占据时间和空间的主体。绿在沙河，总是一年中呈现时间最长的。沙河流淌的绿，总是四时不息。沿河两岸，沿路两边，坡坡之间，山山之间，樱桃、核桃、银杏、香樟、楠木、松柏、黄粱总是换着绿，玉米、水稻、小麦、大豆总是不间断地搔首弄姿。

　　沙河，从字面来看，很久以前的某个时段，或许应该是一条泥沙含量较大的河。河水啃过沿途的土地，河水或许有些混浊和冰凉。当我一眼瞄见了一条弯弯小河的时候，朋友说那就是静静流淌的沙河。

　　我蹲在滩边，但见河水清澈入石。再看水间，我影婆娑，绿树丛生，山山峃立，天蓝云白。我掬水而饮，甘冽入胃。风裹紧我，顿感一轮红日遁入心门：樱桃红了，沙河绿了。

空空的行迹

陕西之行结束了，很快。

来去六天，三天时间在大巴上，或看高清车载电视里搞笑的表演，或迎来送往朝南朝北的山，或闭上眼睛浅梦一回。四分之一的时间放在三星的旅馆里吹空调，剩下的四分之三时间，在十来个景点走马观花，一阵风似的上厕所；一阵风似的排队从入口进，从出口出；一阵风似的拍照，一阵风似的抢着团餐的椅子；一阵风似的上车下车，从一个景点赶往另一个景点。

大唐广场，大而空旷。几千个人，几万棵树，几亿的金币散落在滚烫的大理石地面上，依然空空如也，依然给八月的阳光留下太多的空隙。

左手敲钟，右手击鼓。上上下下的人，影子留在钟鼓的边沿。没有声音，风在说话，从丝丝白云间穿透而过。

南来北往的车流，混杂在千年的开元闹市间。

大慈恩寺，一个诵经的僧人，守望千年。

北上，沿着黄土发芽的路径，从细枝粗叶走近错节的盘根。

五千块鹅卵石铺就的广场，人头攒动。

轩辕长眠的小山坡，香火很旺，香客的脚步杂乱，祭拜仪式千姿百态，呼唤的音调似乎还夹杂有哭腔。

桥山顶的那棵老木，握住黄帝手植柏，枯皱的双手横生新茧。

矗立寰宇的轩辕氏，头顶圆天，脚踏方地，背对青山，面朝绿水。

天上而来的黄河水，是华夏儿女生生不息的乳汁。

站在那个叫作壶口的地方，你就会听见母亲唤儿的乡音。一阵的轻吟，一阵的大呼；一阵的莞笑，一阵的嗔怪；一阵的默默赞许，一阵的怒目而视。

冲刷，洗涤，沉淀，一往无前地东流，一浪接过一浪的浪头，一浪高过一浪。

红，一夜之间的绽放。

宝塔山，延河水。杨家岭，枣园。

十三载寒暑，创造一种精神，缔造一个新的世间。

他说要自力更生，艰苦奋斗。他说要实事求是，为民服务。他们一起理论联系实际，开拓创新。

三十年，六十年，一百年……太阳每天都是新的颜色，红如一枚枚甘甜的大枣。

华清宫里，鸟在翻飞，石榴压弯枝头。

两个汤池干净得只剩下灰尘，三个源头还在冒温水。氤氲里走出的李隆基和杨玉环翩翩起舞，春宵一度，长恨绵绵。

那匹奔腾的烈马失蹄了，跌成一座高高的死火山。

山下躺着千古一帝和他的铜车、兵马，或万世受用的金银珠玉。

门开了，对着清澈的湖泊与静静的水流。

一草，一花，一树，一园。

天人长安，创意自然，或是自然的创意。

立冬，广场

　　最先，除了风吹树叶的声音，整个广场就只剩下茶老板夫妇来回踱步的啪嗒声。

　　"老板，请问喝啥茶呢？"见我坐下，那位卖茶的老太婆赶紧走近问。

　　"呵呵，我不是老板。您有些啥茶？"我边坐下边回话。

　　"花毛峰，竹叶青，菊花，银花，还有苦荞，柠檬，你要哪种？"

　　"那就来杯素毛峰！"

　　"二十五号，花茶，素的，一个！"我的话音未落，老太婆便对着广场南边西北角的一个绿色帐篷大喊一声。

　　"来了！"只听一个浑厚的男中音立马应和，随后，一杯茶、一壶水很快盛上。

　　立冬后的太阳格外温暖，暖洋洋地照射在空荡荡的广场，风里弥漫着黄叶的木头味。我脱去灰色的外套，露出黑白相间的T恤，将有些泛黄的脖子裸露在空气里，又将脚从鞋子里拖出来，放在另一个靠背藤椅上，闭上眼睛享受起来。

　　迷迷糊糊间，我闻到一股烟味，睁眼一看，一缕青烟从北面向我缠绕过来。紧接着走过来两个大腹便便的中年男人，一个身着酱红色休闲西装，另一个将白色夹克捞在手上，露出竖格子的圆领黄衬衫。两人边走边猛烈地吸烟，然后在我左边的空位坐下，接着一个接一个打电话，通知某某赶紧赶到广场，研究什么工程事宜。

　　我并不关心工程的事情，很快又睡着了。当我被一阵刺鼻的鞋油味呛醒的时候，发现我座位旁边的小塑料板凳上，坐着一位五十岁左右的妇女，正忙着擦一双棕色的男式皮鞋。

"擦鞋！老板，擦鞋不？"她见我醒来，马上将目光投向我说。

"不，不擦。"又一个喊我老板的，我只得再次纠正，一阵鞋油的味道随风再次浸入我的鼻孔。我朝北望去，广场中央行走着一对老年夫妇，身旁奔跑着一个两三岁的孩子，那孩子边跑边将咯咯的笑声扔在地上。

半空中，不知啥时候飘着两只风筝，一只黑色的老鹰追着一条长长的五花蛇，在空中舞动。风筝线的尽头拴着一个戴着鸭舌帽的老者，走着穿花步。

再往远处，原先空荡荡的座位上陆陆续续都坐了人，老太婆忙前忙后地端茶送水，老大爷用一只小推车推着桌椅板凳，还在挨着原先摆好桌椅的地方搭新的座位。桌子前围了三四个人，有的已经开始"斗地主"了，有的还在电话找人，有的在大声地交谈着什么。

"豆花，豆花！要豆花不？"一位挑着塑料桶的中年男人走过我的座位旁，使劲儿吆喝了两声。见我没有反应，正准备快步离开时，却被邻桌的几个青年喊住。只见围着一张桌子坐了七个人，三男四女。两个女的披着红、蓝不同色彩的风衣，腿上都套着黑色、灰色或肉色的丝袜，脚踏矮帮或深筒的皮鞋。三个男青年，一个身着白色短袖 T 恤，一个身穿齐腰的皮夹克，一个黑 T 恤外套白风衣，都叼着一根烟。

"来一碗，我早饭都没吃！你们要不？"短袖 T 恤男大声对卖豆花的吆喝。

"你太优秀了，12点过了还没吃早饭？"红风衣女子不屑地问。

"就是，睡到现在才起来，昨晚喝多了！"

"我也来一碗，中午吃了一碗凉面，还没饱！"是另一个蓝风衣女子的声音。

"好，一共两碗，我要多放辣子！"

"我要多放醋！"

"你就喜欢吃醋！"

…………

"茶来了，注意！"老太婆一手端着四个杯子晃晃悠悠地走过来。

"你慢点啊，太婆，别烫着我！"

"掏耳朵，掏耳朵！"一个身着白色衬衫的中年男子走过我的身旁。我下意识地摸了摸耳朵，不想他前倾的身子很快闪回来问我："掏不？哥子？"我说不掏，他并不失望地慢慢走开，一边走一边重复着刚才的吆喝，还把手里的一副长长的钢夹子弄得十分响。

我突然有些口渴，中午吃的几块腊肉早已在肚里翻滚开来，赶忙将那杯温茶一饮而尽，拿起粉色的开水瓶将茶杯添满。

《荷塘月色》的音乐声从不远处传来，我循声望去，一群老大妈、老大爷正从东面入口朝西走来。近了，那音乐又换成京剧歌曲《我是中国人》。可能是他们中间有人背着收录机边走边放。当他们走过一排桌椅的时候，卖茶的老太婆凑过去问："喝茶不？"见人群没有人回应，又问："喝啥茶？"

"我们自己带了茶，坐你的椅子一会儿，收不收钱？"其中一个人问。

见也没有回音，其中一个人说，就在那边花台去坐坐，歇口气再走。于是十来个老人围着朝西的花台坐下，掏出形形色色的杯子喝起来。

"就坐这里，这儿好晒太阳！"

"这么大的太阳哪个受得了？"

"这儿好，我就想晒晒！我穿得有点儿少。"

"你收太阳过冬是不，女人？"

"这儿可以，等会儿太晒就喊老板把伞支起嘛。"

我正在东瞟西瞧的时候，四五个三四十岁的少妇突然走过来，叽叽喳喳地说个不停。

"喝啥茶？"卖茶的老大爷迎上去问。

"菊花。你们呢？"

"我要柠檬。"

"我要白开水。"

……

"拿副扑克来，老板。"

"又斗地主？"

"不斗，要啥？干要？"

"好，斗，斗！"

少妇们又一阵叽叽喳喳后纷纷脱下外套，露出五颜六色的毛衣和T恤。

"抽签看相，算命卜卦。"一个把头发反梳得油光发亮的五十来岁的男子手里摇着一个竹筒，边走边吆喝。走近了，我见那竹筒里放了几根竹签。他肩上斜挂一个皮包，皮包表面也跟他的头发一样乌黑锃亮。

"算不，兄弟？"我对他一笑，他便止住脚步低头问。我正要回话，却见一只肥壮的斑点狗一下子钻进我的小木桌底下，差点将桌上的茶杯弄翻在地。我赶忙用手按住正在倾倒的木桌，让它出去。却见它径自卧在桌下的一小块阴凉处，直喘粗气，对我的大声吼叫理也不理。我只得抬起头来，再次对那算命的先生笑笑，他很快扭转身体向南而去，一边使劲儿摇着他插着竹签的竹筒，一边粗声吆喝着看相算命的歌谣。

我这才发现耳朵有些吵，再放眼一望，偌大一个广场的南侧，上百张桌椅前聚集了几百个人，就算每个人说一小句话，也足以让广场嘈杂起来。我很想找那个掏耳朵的过来给我掏掏，以便让我勉强可以听清楚他们说些啥，却早不见了他的踪影。我原本计划好的，趁午休没有多少人的时候，到广场享受冬日难得的阳光，却不想依然走入人声鼎沸之中。

梦栖唐家河

好久没去唐家河了。

记得上次去是在2000年的初夏。飞翔兄驾驶着全身都吱呀作响的长安面包车，载着尚敏、先鸿和我，上午八点从广元出发，星星眨眼的时候才到。当晚喝的是正耘兄从乔庄用摩托车运来的蜂蜜苞谷酒，待我半夜醒来的时候，只听见水在唱歌，风在说话。第二天上午进到山里，半路遇见猴子，尚敏兄因与猴子抢苹果，还和三只公猴子干了一架。林子里透心儿凉，水特清，空气都让我醉了整整两天。尤其是走在河沟里，那股凉直透心肺，至今无法忘记。

十多年没有机会再去我也常常会把九寨沟的形象嫁接到唐家河的容貌上，谁让她们长得如此相似呢？

最近几年，常常听到身边的人说起唐家河，也曾在各路媒体上关注唐家河，从他们的口中和声音里感知，唐家河已经长成大家闺秀，出落得亭亭玉立了。那里野生动物成群，鸟类成堆。如果幸运，可以看到国宝熊猫，可以碰见扭角羚。在唐家河，春赏紫荆，夏享清凉，秋观红叶，冬听舞雪。

当接到广元市散文学会要到唐家河开展"枫叶正红"散文笔会通知的时候，我正因大堆烦心事陷入一团乱麻之中，这消息着实让我浑身亮堂了起来。说走就走，三十多位文友，同乘一辆大巴，唱着歌就走出了灰蒙蒙的广元城。出门不久，天就下起雨来。当到达唐家河的时候，雨还在淅淅沥沥地下着，让人的心情难免有些落寞。

东道主介绍说，当下正是红石河红叶最红最美的时节。匆匆用过午餐，我们便踏上了前往红石河的路程。雨还在密密地下，大巴的雨刮器不停地左右上下摆动，不断地卷起车玻璃上的水。薄雾在林间升腾，河水在乱石间奔跑。极目远眺，雾气裹住一团团的红。近看，青枝还夹杂在黄叶之间。

车内一片欢声笑语，忽然说是红石河到了。一看外边，雨也停了，雾气也慢慢散开，于是沿着进山的公路步行。路上聚集了厚厚一层黄叶，半空中不时地掉下几片来，有的半树黄叶半树绿叶，有的满树金黄，还有的满树红透，像是一件火红的披风。微风过处，几片落到我的头上，几片落到我的手中。又一阵大风，林间开始飘着黄红的雪，把一行人全部浸润其间。文友们纷纷拿出相机、手机，把一张张笑脸定格在红叶里。

我逃出喧闹的人群，沿河而上，独自驻足在一棵满身红衣的树下，忽然听见有人在呼唤我的名字。难道是你？我循声走到一片树林的深处，握住一片叶子，温暖顿时透过全身，恍入梦里。

是你在唐家河等我吗？风说，也许。十年，二十年，或许在更远的从前。那时候你那么娇嫩，在春雨里滴翠，在阳光下发亮；那时候你那么纯真，为一棵青草与盘羊赌气，为一片云彩与锦鸡赛跑；那时候你那么自在，可以下到河里与鱼虾嬉戏，鱼虾也可以跃上青石与你谈星星说月亮。那时候的我在哪里？就在一阵风里，一滴水里，一缕阳光里，一片早熟的叶子里。那些来去匆匆的背影，那些亦真亦幻的笑容，都有一个我的气息。时间在慢慢地生长，季节在慢慢地生长。你在这里，从春到秋，从冬到夏。年年轮回，日日一新。我的身体走了，但我的心已经留给你；我的影子走了，但我的魂一直守着你。

从红石河回来，文友都戏谑我被红脸的王妃猴子勾了魂魄而耽误了返程的时机，其实我是为找寻那片红叶而迷了路。

从唐家河回来，我不再在苞谷蜂蜜酒里沉醉。我把唐家河永久地栖息在梦里，正如你在唐家河永远地等我。

走进岳东

从苍溪县城往东60公里，翻六槐，越元坝，过歧坪，上坡，涉河，再上坡，那一片隆起的宽阔平整之地，就是岳东。

相传，岳东在周平王元年（前770年）就已有先民定居，因其居于苍溪九龙山以东而由武则天南巡果州过汉昌时所赐得名。岳东场历史悠久，在明末清初就有"苍溪四大旱码头"之一的称谓，清顺治十七年（1660年）设岳东乡，1992年设岳东镇。岳东有两大传统特产久负盛名，一为千年传承的岳东"席氏"手工挂面，17道工艺，17度恒温空间，低盐手工精制，畅销省内外，供不应求，更成为浙广合作的扶贫产品代表；二为岳东醪糟，香醇浓郁，齿舌甘冽，深受消费者青睐。从地域上看，我的老家与岳东是近邻。

我的老家就在岳东以东琳琅山下的何家梁村，因此，我对岳东有着较为深厚的感情。记得小时候常与母亲一起到岳东赶场，卖过一背篼苍溪雪梨和三四个猪崽，买过一口袋李子、两口铁锅和三捆木柴。有一年，我随婆婆到岳东走亲戚，午饭后就出发，月亮升起来还没有到达。当我喝光了母亲为我装的满满一瓶盐开水，啃尽婆婆为我烙的一小张白面饼子后，再也没有力气往前迈开半步。婆婆背起我在月光和树林里穿行，走了不到100步，在一个灰瓦土墙的撮箕口房子前，婆婆放下我说："就在这里歇歇，路还远得很呢。"不想我的脚刚一着地，就听见一阵狗叫声，随后走出一个熟悉的面孔。"是四姑！"我大叫起来。原来是婆婆哄我，其实我们已经到了要去的四姑家里。在苍溪中学读书时，为了赶上班车，我必须在头一晚天黑之前赶到岳东场上，住6块钱一晚的小旅馆，第二天早上5点过听见一阵刺耳的汽车喇叭声，就跌跌撞撞地背上书包跑下楼，挤上开往县城的班车。有几次为了节省住旅馆的费用，我凌晨两点就起床，从老家往岳东场上跑，等我刚爬上场镇西头黄粱树下的小土坡时，只见从龙山发出的班车卷起泥巴飞驰而过，在公路上留下一堆黄泥和我的泪水。参加工作后回老家，开车必经岳东，宽敞平坦的水泥公路可以一直延伸到老家门口。每次一过青茨垭，就感觉到家了。青茨垭是一个交通要道口，北上东溪、广元，东去文昌、龙山，西去歧坪、苍溪，南下地干、白驿，从早到晚都有班车、煤车和拖拉机经过。有家小饭馆的白菜豆腐馅儿包子和酸菜豆花稀饭很吊人胃口，记得每次在青茨垭等车，都要吃上一笼半笼，外加一两碗酸菜豆花稀饭。老板约40岁左右，调的红油辣椒又香又辣，留在嘴角的油食客们都舍不得用纸擦去，用舌头舔干净，落在牙齿缝里的黑芝麻等到涨大后都舍不得嚼烂咽下。还记得青茨垭的"摸哥儿"（四川方言，小偷）一度时间远近"闻名"，据说最高峰时曾组成30多人的"队伍"。随着经济发展和生活水平的提高，"摸哥儿"的职业走到了尽头，听说垭口最出名的"张三娃"也外出打工赚了大钱，如今这里"干净得很"，已经有10年没有发生过大小案件。

从苍溪刚出发，沿路还在一阵薄雾之中，车到岳东，天一下子就放晴了，竟然还露出了太阳的笑脸。走在园区和村组宽敞的水泥道路上，刚刚释怀的猕猴桃藤、脆红李树，正在沐浴阳光，储藏能量，准备下一次的绽放。成群结队地坠在枝间半红半青的柑橘，半黄半绿的翠香甜柚，在秋风的吹动下轻轻地向"乡村振兴岳东行"的我们招了招手，只顾在冬日暖阳里闪着光亮。新翻的土地弥漫着泥香，麦种昨天才下种，油菜苗已长出三片油光水滑的叶子。稍一放眼，一座座两三层的小洋楼、小别墅错落有致地生长在山顶、山腰。各种树密密匝匝地从山上排列到山下，有一些红，有一些黄，大部分都现出青绿。远处山间的雾还没有散尽，稍一虚眼就可以看见海市蜃楼，看见云寨的抬轿石人，看见神马庙的吃麦神马，看见凉水井的饮水药王，看见正在文昌宫修理军械的红四方面军战士，看见"蛮洞子"飞翔的鱼。在地里劳作的人们，看见我们，汗水里也不断流淌出幸福的微笑。我看得出，这些笑是发自内心的，没有一点做作。我知道，这些笑，是他们多年用双手奋斗和创造出来的。

在岳东，我遇见以郭敏书记为班长的岳东镇党政班子领导，平均年龄35岁，他们活力迸发，有思想、有情怀、有担当，讲政治、讲奋斗、讲奉献，用心想事、用心谋事、用心干事。从他们的身上，我深深感受到，乡镇要发展，乡村要振兴，必须选好基层班子，必须加强干部队伍建设，必须强化党建引领。近年来，岳东党政领导班子根据镇情、村情，顺应市场调结构，形成八大支柱基地产业，2017年，岳东下辖所有贫困村全部脱贫摘帽。2020年全镇人口平均纯收入达到1.1万元、农民纯收入达到7000元。

在青龙，我遇见了农业公园的主人袁坤，一个个头不高但很敦实、很精神、有力量、有思想的年轻男子。1985年，袁坤出生在岳东镇青茨垭村一个普通的农民家庭。2004年就读四川航天职业技术学院数控专业，2011年自考四川师范大学社会工作管理专业。2017年，袁坤参加村委会换届选举，先后担任村委会副主任和村党支部副书记，2020年全票当选为村党支部书记，用实际行动践行了"扎根农村、振兴乡村"的"初心"。谈到未来的乡村振兴，袁坤信心满满，他说村支部书记既是一个普通的人，又是一个特别的人，村官是官又不是官，他要当好"第一责任人""发展带头人"和"群众贴心人"。当谈及个人发展前程时，他淡淡一笑说，作为一名共产党员，他深深地爱着家乡，愿意为家乡的发展奉献自己的后半生。他说，目前村里发展遇到瓶颈，比如产业提档升级、农旅融合等，希望能有大一点的企业进驻青龙，为全面振兴乡村用心用力。我也希望他能如愿。

在尖包，我遇见了女支书曾琼莹，一个活力四射的年轻女子。她1990年出生在岳东镇尖包村，2013年毕业于四川音乐学院音乐表演专业，在绵阳创办"YG铂来伊文艺术基地"。2020年，她毅然放弃良好的工作和优厚的收入，回到家乡，全票当选为尖包村党支部书记。她说，父母就在岳东街上做生意，一家人都支持自己。身为一名有一技之长的大学生，就想把自己所学专业带进乡村，让乡村的孩子在家门口也可以享受到音乐舞蹈教育。作为一名新时代的大学生党员，曾琼莹想发挥"头雁引领"作用，带领村民建设乡村致富奔小康。尖包村基础比较落后，产业比较薄弱，但生态环境好，民风淳朴，有村民的支持拥护，有党的方针政策指引，尖包村一定可以从一个弱村发展为一个强村，从一个小康村变为一个美丽幸福村。我一直担心像她这样的年轻人能否扎根乡村，她略微思考了一下说，既然选择了当村官，就要不负村民不负党，无论遇到什么困难都要想方设法加以克服，"既然目标是地平线，留给世界的只能是背影"。

唯有抵达，才更丰满；唯有奋斗，才更幸福。这就是岳东奋斗的幸福，这就是岳东青春的振兴，这就是未来乡村振兴的希望。挂面长，比命长；幸福长，万年长。唯愿岳东人民更加幸福，也希望我的文字更加丰满起来。

乡 下

一

走在路上，我遇见一群蚂蚁。蚂蚁正在搬家，排场很大，队伍很长，步履匆忙。

我停下脚步，示意蚂蚁先走；蚂蚁也停下脚步，它们挥动触角，仿佛说，让客人先行。我对蚂蚁说，多年前，我也是乡村的主人，一晃，成为乡村的客人已三十余年。

走在路上，有人大声喊我的乳名，然后就问我认不认得他和她。我赶快向前跑几步，抬头，摘下眼镜，揉揉眼睛，凭第六感说出他们的姓名和称呼。他们大笑之后，摸着我的头说，你还是小时候那个样子，没啥变化。我一个劲地儿回应，没变，没有变，不敢变。

走在路上，一条蛇高昂着头正要横过。我惊出一身冷汗，赶紧退回脚步。父亲大声说，快走，快走，要挡道就是找死。蛇缩回路边树丛，给我留下宽敞的乡村公路。我也缩在父亲身后，怕耽搁了蛇的行程。

走在路上，我看见菜籽金黄，看见麦子金黄，看见胡豆泛黑，看见豌豆泛黑。母亲手拿镰刀、头戴草帽向田里走去，丰收都要经过她的手，才可以回到屋里的仓库。我说我也要跟她去收割庄稼，

她一脸疑惑。我也疑惑，不知道不会播种会不会收获，更不知道没有播种会不会有一些收获。母亲说，有时候也有，看那棵自生的丝瓜秧，快需要搭架了。

二

清晨是被鸟叫醒的。黄莺、喜鹊、布谷、麻雀，有的唱歌，有的说话，有的呼唤，有的纯粹是为了练嗓子，有的也为了一比高下。乡村的声音清脆、悦耳、入心，让人通透、畅快。

公鸡依然准时鸣叫，却被起得更早的摩托车、大货车和小轿车的喇叭声时掩时显。

东方刚蒙蒙亮，对面山上就传来一阵阵闷响，那是送葬的火炮声。火炮说，再响些，再响些，我们是代儿孙们来的，可不能输给那些四吹四打的锣鼓、唢呐和小号。小儿子在刚刚复工的外省建筑工地，二孙子还要上网课，大重孙刚刚满月，为亲人送别的任务就交给了火炮们。

天，除了白就是蓝；地，除了绿就是黄；山，除了青还是青。沟渠开始涨水，河里白雾升腾。西院的夏爷爷刚脱下棉袄就穿着短袖，他在给秧苗拔草，一伸腰，鹌鹑蛋大的青杏就碰着他汗津津光溜溜的额头。

太阳升起来，月亮还在天上。月亮升起来，一两颗星星躲在两三朵云后。蟋蟀在大声鸣叫，偶有狗叫声在山谷回响。

我在香樟树下吹着初夏的夜风，几片叶子落在我发酸的眼皮上，它们提醒我，可以睡觉了。我看看时间，才过十点，还早。它们说，不早，不早，离明天早上五点下田割麦子也不到七个小时了。

眼皮越来越重，腿肚子越来越麻，腰越来越酸。托一缕月光，正好把一天的疲惫安放。

三

他站在村口的核桃树下遮阴，我停下车跟他打招呼，他一开口就对我说，已经好久没有下雨了，苞谷开始卷筒，猕猴桃一窝一窝地死。为保住浅浅嫩嫩的秧苗，有人用小车载着塑料桶到不远处的堰塘运水来保苗，有人用脸盆盛水井的水浸秧。

太阳越来越烈，早上六点就爬过山头，七点就开始让额头流汗。菜籽割了晒在田里，过两三天就可以用梿枷从菜籽壳里打出黑油油的菜籽。麦子黄得站不稳了，急需割下来，不然又有几穗被麻雀掏了空。

三四个女人天不亮就出门了，等太阳一出来，田里就割下来一堆一堆的菜籽和一袋一袋的麦脑壳。一两个男人开着小型收割机来到田里，女人们在桉树下稍做休息，又开始忙活起来，用大塑料口袋去接黄澄澄的麦子和黑油油的菜籽，一边刨一边吹麦裤子和菜壳子，还不时放一两颗到嘴里嚼嚼，然后轻轻吐到地里。

十点多，太阳更烈了，人们开始全身冒汗。男人干脆脱了背心，汗水就从脊柱沟往下流。女人只穿着薄薄的宽松T恤衫，汗水一浸，就粘在身上，大大的松松的乳房时隐时现。女人对男人说，你个瓜男人，热得冒烟还穿那破背心。男人用沾满麦裤子的毛手抓了抓肚皮说，你才瓜，我早就挎了"三条筋"的。女人又说，那你早上是起早了，穿了两件，咋脱了一件还有一件？说完一阵大笑，惊飞了电线上的两只麻雀。

四

所有早起的人，都赶在天亮之前开始劳动，总把汗水、疲惫、满足和笑当作迎接太阳的最好礼物。

那些半黄半青的枇杷、杏子和桃子，那些半红半黑的桑葚，都用数倍甜和香吸引着人们采摘、咀嚼与吞咽。

想了等了盼了五十九天的雨，终于姗姗而至。地上起初升起道道白烟，很快被更多的雨水浇灭在两米的半空。那只鸡高昂起头，张开嘴巴，让雨水自硕大的红冠流进喉咙，偶尔甩甩脑袋，摇摇身子，以图新的雨水淋上它。几只鸭子，一会儿缩成一团，一会儿甩甩膀子，伸长脖子喝着地上的积水。回巢的母燕，没有为乳燕叼回虫子，只让它微微张嘴，把一滴雨水喂进小嘴，再甩下几滴雨水，湿了乳燕的全身。那只花狗躺在屋檐下，伸出脑袋看雨水从半空落到水泥地，也用鼻子使劲儿闻闻久违的雨水味，一会儿往后退一截，一会儿再退后一截，以躲避溅湿地面的雨滴。那些卷了筒的猕猴桃和玉米苗慢慢舒展，狠狠吮吸。有中老年妇人在雨里奔跑，边跑边捋捋淋湿的长发说，这老天爷，这么久就不落一滴，咋说来就来，还这么大的阵势，好，好呢！有两位老大爷还立在一床一床的叶子有些发黄的秧苗旁，看它们喝水的姿势。有尖厉的呼唤声从豆大的雨滴中传来，你们站在地里做啥？像个死木墩！下雨了，你们都不晓得？他们回应说，正好帮你把衣裳洗了，正好可以冲个冷水澡，正好可以脱了臭垢甲！这下庄稼有救了，啥都有救了！

一场雨后，桥沟河水库有些清净起来。

在村上

　　在村上，会很雀跃，甚至有些放荡。就像那只短尾巴的黑狗，从这家跑到那家，从这田跑到那埂，累了就一头钻进玉米地里吐舌头。也有一只城里来的狗，懒卧在紧闭的民宿门前，警惕着来人，眼里除了惊喜还有惊慌。它以为是半年不知音信的主人突然回来，或是新的主人来了，要打扫灰尘开启新业。村上那些狗，本职是看家护院，不像城里的狗，专门哄人开心，而今可以不再看家，也不必护院。老梁唠叨，家家都有的东西，有啥好偷的？那狗好久都没叫过了。李老汉感叹，孙子安了监控设备，我啥时吃饭睡觉他都管着，啥时撒尿他也晓得，还要狗来提醒有没有外人来？于是狗有些无所事事，大多数时候躲进窝里，食量也少了许多，有人没人地叫几声，表示它的存在。王婆婆总是在晚上睡觉前唤唤她的"老黄"，说它也是个伴呢，不在就会睡不着。

　　在村上，会很闲散，甚至步子都很慵懒。就像那几头水牛，它们慢悠悠地走过田坎，穿过公路，爬上山坡，尽情享用一大片一大片的草。农妇手里牵着一根很长的绳索，她说整个村子有十七八个山坡，上百个田边地坎，都长着草，还不够它们六七个吃吗？耕田耙地没有它们的事，推磨碾米没有它们的事。牛说，我要下犊子。犊子断奶了，来不及被教会吃草犁地，就被送到专门吃料长肉的圈里。它们又说，还是慢慢地走，慢慢地吃，越是青草茂盛越没有了胃口，越是道宽路阔越移不开腿脚。

　　在村上，果树会变着花样生长。就像那些梨树、李子树和桃树，不是丢三落四地长在房前屋后，也不是孤苦伶仃地藏在山中林中。它们在园里集会，抢在时令之前，整齐地长，同吃同睡，同时发芽开花，同时挂果

"穿衣"，同时红艳柔软。农夫说，先前一家人守看一棵桃树，几家人守着几株李子树，全村人守护一棵梨树，而今一个人侍弄一个果园，几个人管护好几个产业园。那些园里的名字也格外注目，李子叫翠红李，梨叫黄金梨，桃叫女皇蜜桃。那些园里的果子越走越远，不在一家几家徘徊，不在一村一镇走动，而是坐上汽车、高铁、飞机，走出一隅、一村、一城、一市，寰球同享佳味。

在村上，会时时感会到汇集、收纳和回馈。就像那些池子、堰塘、水库，把天上、地上的雨水都收集起来，储藏起来。庄稼需要，就拿去；牛羊需要，就拿走；人需要，就尽情享用。池子里也养鱼、种藕，池子旁有栏杆，有可供淘菜洗衣的梯坎。堰塘总是在下雪前后就储满希望，像母亲的乳房，风一吹就闪耀金色的光，麦一收就将乳汁沿着弯弯的水渠流到一田一垄秧苗的嘴里。水库在两山底处起坝，积聚三山四林的雨水，浇灌七里八乡的庄稼，也担当了小型发电的重任。那些池塘库堰，就是力量的汇集，就是能量的释放，就是村上生活的姿态，就是生长的根，生命的源。

在村上，会获得很多安全感。就像那些房子，无论长在平地，系在半山腰，安放在山巅，也无论一间两间，一层三层，都装满温暖、温馨和甜蜜。黄泥筑，火砖砌，钢筋绑，麦库子糊，石灰抹，瓷砖贴，镶金嵌银，千姿百态；尺子拐，撮箕口，四合院，小洋楼，大别墅，聚居点，各领风骚；泥土黄，中国红，黑白灰，各具韵味；"天晴"坝，水泥地，大理石，整洁干净；厨房，柴草坊，洗澡间，农具间，车库，井然有序；卫生室，文化室，图书室，小超市，电商驿站，灯火通明；沙发，圆桌，八仙桌，太师椅，架子床，山平床，电视，冰箱，空调，消毒柜，热水器，应有尽有；奶，茶，酒，饮料，咖啡，花生，核桃，苹果，雪梨，猕猴桃，满满当当。那些房，既是仓，也是库，里面装满安定、安逸、安全；人在房里孕育、做梦、成长，安置身体，安放心灵，安逸呼吸。

在村上，可以更清晰地看到脉络。就像那些路，就是村子的血脉、血缘。国道、省道、乡村路、入户路，高速路、快速路、限速路，沥青路、水泥路、碎石路、沙土路、石板路，穿山，过河，绕梁，环田，越地，把村里的水和空气运到村外，把村里的人和物送到村外，也把收获与幸福运回村里。这些路，连接村里与村外，连接梦想与现实；连接脱贫与振兴，连接文明与文明；连接温饱与小康，连接富裕与富强；连接期盼与回归，连接美丽与美丽。

在村上，可以随处走走看看，可以随时想想干干，还可以流流汗。说不准，你就会捡到丢失的童年，遇见未来的中年和老年。

那些流逝的光阴

有时候，你被光阴伤害；更多时候，你把光阴伤害。

——题记

围　墙

高高的一堵墙，挡住一袭白裙，却挡不住黄昏的浅唱。紧闭的铁门，锁住徘徊的脚步，却锁不住一片深情。

侧耳红砖墙外，就可以听见岁月的呼吸声，和她的呢喃细语。院子空了，围墙矮了。

青苔爬上了墙顶，生出墙外的藤蔓，缠住了流逝的光阴。

纱　窗

木头窗框，钢筋窗格，再蒙一层灰色的纱。

把蚊蝇挡在窗外，把鼠虫挡在窗外，把蚀骨的风挡在窗外。是纱，守护一个个房间，守护一个个梦境。

那一天，人去屋空。鼠咬破一个洞，风刮开一条口，灰尘沾了整面纱。

那一天，纱累了，倒了。阳光依旧洒下来，照满一窗流逝的光阴。

断　壁

墙断了，瓦还勉强住在椽子上。檩子折了，瓦和墙同病相怜，依偎在院子的转角处。

一株南瓜苗从瓦砾堆中探出头来，然后伸展身子，开花，在断壁残垣间长出一两个南瓜。

两三棵榆树之外，一条小路直通铁道。铁道外，栋栋高楼正在拔地而起，慢慢挡住流逝的光阴。

菜　园

小院的公路拓宽了，公路旁的菜园变窄了。

老人们用废弃的装饰板将菜园挡住，免得泥土跟着公路上的诱惑逃离。

老头儿在小菜园里拔草，然后给胭脂萝卜、菠菜、白菜浇上自制的肥料，然后坐在小马扎上抽口烟，再对着青青的菜地猛烈地咳嗽几声，最后钻出园子，把流逝的光阴丢在薄薄的泥土里。

副食店

双扇的大木门，迎着晨曦打开，顶着月光关闭。

人来人往，喜笑颜开。

老李打了一瓶酒，刚出店门就喝了半瓶。老孙指着老李的鼻子说，还不去灌满水，你婆娘不把你的耳朵揪落了！

一群孩子跟在大人身后走出店门，每个人手里都握着一颗水果糖。胖子狗娃连同糖纸咽下肚去，又去抢秋妹咬了一半的糖果，引得三五个孩子来回追打。

每一个从店里走出的人，手上都会多样东西：一刀肉，一把面，一罐醋，一袋盐，一壶油，一盒烟，一根蜡烛，几盒洋火……

店里的售货员就一个，是站长的老婆，年轻漂亮，脸蛋像熟透的苹果，头发黑得像生漆，嘴巴快得像抹了油，声音甜得像鸟在唱歌。她大声说，发工资了，都来买呀，要啥有啥；婆娘娃儿都盼着呀，不要让那想抽烟的嘴闭着呀，不要让想喝酒的喉咙干着呀；没钱也可以先赊起，月底一定来结清呀……

忽然有一天清晨，太阳晒屁股了，副食店的店门也没开。一个人说，站长升官了；又有人说，站长调走了；还有人说，站长老婆回乡下了；再有人说，火车提速了，车站要被撤了……

从此，店门不再打开，一把铁锁，把那些流逝的光阴锁在屋里。

286，386，或者其他

把数字、文字，把心情、表白……连同几个字母输进去，都会在屏幕上显示出来，炫耀出来，或者创造出来。

286，386，486……一个年代，一个时代，催生着速度和创新，改变着办公、交流，承载着互联互通，融会贯通……

一夜之间，退居，隐居，不居……都化作一缕尘埃。

一些曾经留在一代人指尖的痕迹，深深地刻在那些流逝的光阴里。

留守处

门牌斑驳，铁门半开，一只狗守在门旁。

陌生的脚步一进大门，那只狗就蹿出窝来，大声狂吠。

它说，这还是它们的地盘。我点点头，它便摇摇尾巴。它再叫几声，表示它的存在，也表示光阴还没有全逝。

四合院

东西南北，正中是堂屋。耕种，劳作，读书；修身，齐家，治国。

四方四正，八方有方，生生不息。走出，走进，走出；走进，走出，走进。

四合院迎来春风秋雨，长满瓦松的屋顶，盛不住流逝的光阴。

雪　思

下雪了。她总是在我睡了才尽情飞舞，总是在我入梦了才静静地驻足窗台、屋顶、半山、满树。

看到天空飘飘洒洒的雪花，我就会感觉到年的结束，或年的开始。记忆中的春节总是在雪花中降临的，那些裹挟着腊肉和香肠味道的炊烟总是在母亲的吆喝声中袅袅升上半空的。孩子们的脸蛋总是在雪的映衬下格外红的，笑声总是滚落在奔跑的雪痕里的。五姑姑就是在下雪的早晨被吹着唢呐的一队人接走的。父亲总是蹲在门槛上抽旱烟，看见我们跌倒在厚厚的雪堆里爬不起身，既不惊诧，也不伸手去拉，只是看着我们一个劲儿地笑。

雪一年接着一年在下，岁月一年接着一年融化。先是外公走了，接着是外婆，后来是母亲、舅舅和婆婆。我总以为他们都是为雪而走的，不然为啥我总是在下雪的时候才想起他们已经不在，或是越发想念他们健在的时光。外公把我藏在他的黄色棉大衣里面，站在铺着厚厚积雪的院坝里，只让我露出两只眼睛，不说话，雪和弟弟他们总也找不到我的藏身之处。外婆给我们烤的萝卜腊肉馅儿包子，油水流满了我的嘴和两个袖口。母亲说，真像是从饿牢里放出来的！舅舅给我倒的红糖姜汁水，刚从旺旺的青冈树疙瘩火上端下来，热气一下子覆盖了他的皱脸，极像一幅泼在泥巴墙上的水墨画。年早已过完了，我们才极不情愿地让母亲从外婆那里把我们接回家。婆婆拉过我的手说，看你外婆把你供的，几天就吃得油光光的，像我们圈里的"窝子猪"一样，胖墩墩的！

雪融化的时候，天格外地冷，孩子们不再在雪地里乱窜，而是钻在被窝里不出来，或是蹲在火塘旁烤红薯。隔壁的常爷爷总是这田跑那地，蹲在麦子田边，听听麦苗喝完雪水的声音后跳起来说，老哥哥们啊，等着瞧吧，今年的麦子又沉得抬不起穗了！又是一个丰收年呢！姐姐、哥哥们找来三个雪梨罐头的空瓶子，让我往里面装满雪球，说等到三伏天哪个娃儿长了痱子，就用它来退，一个晚上就蔫了，管用得很。上头院子的广祖翻出压在毛毯子上面贴在背心处的两张黄狗皮缝制的大褂，铺在三根高脚柏木板凳上，说是"收太阳"。这时候，雪随太阳跑得飞快，一会儿东家屋顶现出了灰白，一会儿西头的山顶又现出了青色，一会儿屋檐开始牵着线地滴水，一会儿人走在村道公路上像在扯瓦泥……对岸坡上有淌山水的声音，桥沟河的水位一个上午就涨了三厘米。岩洞上的冰柱子早上还有杀猪匠海爷爷的大拇指粗，下午眼见就化作了一根根冰筷子。风一吹，让人忘记了天上还挂着红彤彤的太阳，只觉得股股冷气直往脑门心蹿。

去年我回老家，正碰上连下三天的大雪，先是筛糠一样，后来就漫天飞着鹅毛。雪狂乱地飘洒着，像是失去爹娘的孩子。独自行走十里八村，独自守候幢幢高楼，独自侍弄着猪狗鸡鸭。雪路过一地一地的麦苗和油菜的时候，与独行的我不期而遇。我和雪走在田埂上，停在一棵光秃秃的梨树下，寂寞与空落感顿生。父亲不再蹲在门槛上抽旱烟了，因为肺的"生气"，连纸烟和酒也戒了，就剩下断断续续的咳嗽。大嫂在下雪的当晚抱了一床不很旧的棉絮给即将生产的母猪垫窝，说是光用稻草不暖和，怕冻坏了刚刚出生的猪崽。哥哥拍拍三千瓦的烧得钨丝通红的电炉子对我笑笑："这火，烤得前胸发烫，后背清冷，还是焦煤烧'北京炉子'烤得踏实！"侄儿们似乎对"芒果"电视和"苹果"电脑更有兴趣，在一间空调房里仅用手指和眼睛指挥着大脑，不停地或笑或哭或惊悚。

也许他们不知道，在雪地里还可以堆雪人、打雪仗，甚至不用烤火升温也可以让浑身温热，脸蛋变红发烫。也许他们仅仅是忘记了那些。

鸡 蛋

那是在我上了初中后的一个星期日的黄昏，肚子饿得实在受不了了。

忽然我听到一阵鸡叫，原来是它在向主人报告生了一个蛋呢。大人们都不在家，我顾不得那么多，飞快地跑到屋檐下的鸡窝旁，捡起那个还带着体温的鸡蛋，又拿来一只筷子，从一头捣开一个小洞，把筷子伸进去将蛋黄慢慢搅烂，一口气喝下。一股腥味，先是呛得我连打三个喷嚏，接着是呕起来，差点把喝进胃里的蛋花全部吐出来。我连咽六口口水后，赶紧寻找先前剥开的那一小块儿鸡蛋壳，很快在鸡窝旁的一块青石板上找到了那块还粘着黏糊糊的蛋清的鸡蛋壳。我小心翼翼地将洞口"缝"上，迅速把空壳鸡蛋放进空荡荡的鸡窝。不想那只老母鸡转了一圈找不着给它喂粮食的主人后，竟然向我跑过来，围住我不停地叫。我狠狠地踢了它几脚，就若无其事地看书写作业去了。

晚上，婆婆去捡鸡蛋的时候，只听她不停地骂起母鸡来。婆婆手里拿着那个空壳鸡蛋边走边说，你们看，怪不怪？这鸡下了个空壳壳，怪了！正在煮晚饭的母亲从灶房出来，接过婆婆手里的鸡蛋，掂量掂量，又凑到眼睛前仔细看了看。我从旁屋出来，不敢走近母亲，只是远远地望着婆婆，生怕母亲发现鸡蛋一端我的"杰作"，手脚有些发抖。几秒钟后，母亲说，就是，这鸡越来越怪了，先是一天下一个蛋，现在是两三天下不了一个，下一个还是空壳壳。我的脸似乎已经发烫了，幸亏夜色早已降临，屋里已经点起了油灯，没有人会看到那颜色的变化。直到婆婆从母亲手里拿过那个鸡蛋，让弟弟拿去当玩具后，我才松了一口气回到屋里，却怎么也看不下去书了。

待一家人吃过晚饭，母亲突然让我给她打手电筒去给猪喂食。以前从未这样，都是姐姐、哥哥做的事情，咋会轮到我呢？我有些不情愿地跟在提了一大桶猪食的母亲身后，来到猪圈。母亲给猪舀完食后将桶放下，从我手里拿过手电筒，用亮光照照我的脸说，是不是你把那个鸡蛋喝了？我本能反应似的回答说，绝对不是，也许是弟弟干的！母亲把亮光从我脸上移开，慢慢说，我晓得是你搞的名堂，我看见那鸡蛋屁股后面有一小块是松开的。我一时语塞。她又说，你婆婆老了，眼睛花，看不清楚，你把我哄不到吧？我说，妈，是我，因为我肚子饿，饿得没心思写作业！母亲把手在围裙上擦了擦，拉住我的手说，你婆婆凑了好几天鸡蛋了，你舅爷爷的寿辰要到了，她是拿去"送情"的！我说，我真的不晓得，要是晓得她要送给舅爷爷，我再饿也不会做那事情的！母亲叹口气说，以后不要再吃生鸡蛋了，吃了肚子会疼！要吃也要煮熟了啊！

乡村过年印象

正月初一的早上，我和姐姐、哥哥、弟弟们全都穿上新衣服，到外婆、外公家去拜年。他们家不远，就在一条小河对面的山上。

我们几个顶着鹅毛般的雪花一路追逐，不到半个小时就到了外婆家的山梁上。外公早就在雪地里等候我们了，他头戴雷锋帽，身披黄色棉大衣，脚蹬一双大头鞋，戴一双军用黄绒手套，脸上堆满了笑。一见我们走近，他迅速伸出双手把弟弟抱在怀里，一个劲儿地说："娃儿们，冻了吧？快到屋里烤火！"我们几个脸红扑扑的，嘴里哈着热气说："爷爷，不冷，给您拜年来了！"

外公跟在我们身后，抱着弟弟往屋里走。外婆听见我们的声音，赶忙从厨房出来，高兴地说："我都看了好几次了，你们没来，就叫你爷爷出来接你们！快到屋里烤火，你看这手冻得像鸡爪子！"外公把我们几个让进横屋，屋角处一大堆疙瘩火燃得正旺，屋里暖烘烘的。外婆也随后进屋来，她头裹黑丝帕，上身穿一件黑棉袄，腰间系着一条黑围裙，脚穿一双手工做的棉花鞋。她蹲在疙瘩火旁，用筷子在火堆里夹出一个包子，交给我说："来，吃个包子，饿了吧？"弟弟一下子蹿到外婆跟前说："我也要！"外婆笑着说："都有，多着呢！"我接过那被火烤得金黄的包子，那是我最喜欢吃的豆腐包子，也不管它是否烫着，就一口咬开，美味顿时沁入嘴里、喉咙，一直到胃。"慢慢吃，娃儿们，来喝糖开水，一人一碗，我先给你们凉到这儿！"外公从火堆里提起熬得滚烫的茶壶，边往碗里倒边说。我从小黑漆方桌上端起一碗糖水，那是用红糖和生姜熬了两个小时的水，喝一口，一下子甜到心里！

吃了豆腐包，喝了红糖水，我们就围坐在外公身旁烤火嬉戏。那红红的疙瘩火把我们的脸烤得更红，也把我们的身子烤得更暖了！

这就是我近20年前对过年的印象。

20世纪末的乡村，新年是被一阵阵鞭炮声吵醒的。

过了除夕，她便轻轻地从阁楼走下来，到田间地头，到社区厂矿，到长街短巷，送去深情和温暖。

寂静了一年的山村，迎回久别的游子，笑容爬满皱纹，也堆砌在辛劳一年的年轻肩膀上。山村这才像个山村，风一吹，随处都可以听见树木和麦苗互致问候和祝福。

新衣服穿在年迈的父母身上，浸满中国的红。

儿时的伙伴会聚在老核桃树下，或站立，或蹲着，或坐在软软的枯草堆里。交换全国各地的香烟，品尝全国各地的美酒。互问一年的收获，共商来年该走的方向和行车路线。

"二狗子，快把你娃儿喊回来，吃晌午饭了！"蹒跚的母亲在高高的砖混楼屋檐下大声呼唤儿子。

"进宝，咋不喊他们到屋里来坐？外面冷呢！"父亲边贴春联边吆喝从非洲打工回来的小儿子。

"不了，福叔。我们说几句话就回去，初三就要出门了！"包工头牛娃子猛吸一口烟。

乡村的新年也越来越忙碌。生活就是这样，机会太多，想要抓住机会的人更多。时间越来越紧张，人们越来越忙碌。世界越是明晃晃地闪亮，有人越是感到呼吸困难，腰酸背痛腿抽筋。

放眼如今的乡村，全都长满新的希望。

沥青、水泥铺就的道路，似一条条龙蛇缠绕。城市与乡村短距离连接，一条条让脚步沾不到泥巴的通道。

两层、三层的别墅，或者小洋楼，是天上的星星昨夜散落在了山间田畴。

长安汽车、摩托车，清一色的红，火一样燃烧在房檐。"小四轮""大解放"，三三两两栖息在院落。京P、吉A、蒙B、新C、粤Y、晋D牌照的丰田、奥迪、三菱、大众汽车，依次停靠房前屋后。

家家都装上了节能灯，户户都安上了打米磨面机、洗衣机和三十四英寸的电视，还有台式联想电脑、惠普笔记本。男女老少也会在网上拜年，和远方的亲人共贺新春。

餐桌显得越来越小，总有上不完的菜肴——猪肉繁华褪尽，鸡鸭鱼羊成主食，海鲜粉墨登场，绿色青菜成新宠。

星星还是星星，夜却渐渐增亮，是烟花在除夕大显身手。从大年三十晚七点直到正月初一凌晨，沿河两岸的山坡上，焰火渐次开放，映红了天上的月亮。

互道祝福，互拜新年。阳光温暖地照耀着乡村的一张张笑脸；还有薄雾和袅袅炊烟，把乡村的年味带到高高的云端。

城里有泥香

一

早上去湿地公园，在竹林深处我忽然想歇歇。三米外一个木椅上仅坐着一个老太太，我便走了过去。

"快来坐！"老太太见我走近椅子前，往一头的把手处移了移，小声对我说。

我在椅子另一头坐下，用手擦擦额头的汗。未等我开口，她又说话了。

"热不？看你汗爬水流的！"

"有点热。"我一边点头一边回应。

"渴不？"老太太睁了睁眼看看我。

"有点儿渴。"我咽了咽口水。

"累不？看你长出短气的！"

"确实有点儿！"我扭动几下脖子，又用手拍拍腿。

"在我屋里就好了。"老太太低下头，开始自言自语，"热了，躲到院坝边的樟木树下乘乘凉；渴了，我给你舀一碗缸里的凉水喝；累了，就在我家里头歇歇，吃了饭再走。"

"您一个人在转公园？"我开始怀疑她是不是走丢了。

"不。儿子孙子一大路，他们走得快，前头去了。我走不动，他们让我在这儿等他们……还有，这只花狗子在陪我。"老太太给一只花白相间的小狗喂了一块饼干，那狗跳起来吞下，卧在老太太脚下使劲儿嚼起来，不时用眼睛盯着我，目光里包含着一丝警惕。

"您的屋在哪里呢？"我问。

"老家，乡坝，山旯旮里头。"

"老汉走了，房子拆了，他们把我接来了。"

"我的屋，没得了。"

老太太又自言自语起来。

我站起身准备继续走路，脑袋却嗡的一下，眼睛模糊起来。再看看老太太，一个人变成了三个，一个是婆婆张金德，一个是外婆胡朝英，一个是母亲梁秀英。婆婆说："你好热，快到院坝边的树下躲凉去！"母亲说："你好渴，我去给你舀碗凉水喝！"外婆说："你好累，快歇歇，我去给你煮黄瓜面！"

我使劲儿揉了揉眼睛，发现老太太身边的确多了两个人——一个中年男人和一个小姑娘。他们挽起老太太，那只花狗跟在他们身后，边叫边摇动它的短尾巴。

"走了，回屋了！"老太太走几步后转头看看我，慢慢消失在晨光里。

二

早上路过单位值班室门前时，我看见门卫老王正在昏黄的白炽灯下读一张旧报纸。他的眼镜从鼻梁上垂下来，几乎要挨到报纸的一张大幅的美女照片上。

"老王，你还在学习啊？挺认真的嘛！"我笑笑，同他打招呼。

老王听到我的声音，猛然抬起头，眼镜又差点儿从鼻梁上掉落到地板上。他下意识地做了两个动作，先是赶紧向上推了推眼镜，然后很快将报纸翻转了一下，将刊有大幅美女彩色照片的版面藏在大幅山水房屋销售广告的另一版面上。

"早上起来没事干，读读报纸，看看又有啥新闻。"老王也笑笑说。

"爱看报纸的习惯好，我那里有好几种报纸杂志，你要看就上来拿！"我边上楼边说。

"那……咋好意思？"老王从他三平方米值班室里放置的钢丝床上站起来，走出屋来对我说，"你看我这个人，从农村来到这里，书没读几本，字不识几个，眼睛却有事无事地疼，但一看报纸书籍，就不疼了！你说怪不？"

"确实怪呢，读报纸可以治眼疾！是你老王发明的处方啊？"同事老徐走过值班室的时候大声嚷起来。

坐到办公室，我习惯性地打开电脑。就在一瞬间，我发现了躺在办公桌右侧的一沓报纸，有五六天都没"光顾"它们了。它们静静地躺在那里，聚集在那里，越聚越多，越聚越厚。它们也似乎在抱怨我："你看，喜新厌旧的家伙！""不学习，不读报，三天两头瞎胡闹！"听到这些，我的耳朵有些轰鸣，眼睛有些模糊起来。何不试试老王的治眼处方？我赶紧关掉电脑，翻开那一堆久违的报纸。一阵墨香扑面而来，我眨了眨眼睛，再用手揉揉，凑近报纸一看，竟然连最下面最小的几个字都看得清清楚楚。就在一张《人民日报》上，赫然印着曾纪鑫先生的文章——《淘书与创作》。他说："哪怕知识改变不了命运，读书却可以改变人生——至少可以使一个人活得更加从容而充实。"

感谢曾先生的提醒，也感谢门卫老王的处方。

三

烈日下，我正焦急地等出租车。一辆三轮车倏地停在我的面前。我眼前一亮，很快做出反应，坐三轮车也好，顺便还可以看看街上的风景。于是左脚跨上三轮车，正欲坐下身去抬上右脚，不想那三轮车师傅抹了一把汗说："真的不好意思，不能拉你呢！"我打量了一下那师傅，五十来岁，板寸头，头发里面夹杂了多根白发，上身穿一件某超市广告衫，下身穿条纹格子短裤，脚蹬一双黄胶鞋。

"那你拉哪个？咋了？三轮也学会拒载了啊？"我一下冒出三个问号。那师傅着急起来，说："不是，人家先喊的。"他用右手扶住车把，左手指了指街道对面。我随着他指的方向看去，一位妙龄女子撑起一把太阳伞正跨过斑马线朝三轮车停靠的地方奔来。

"不好意思，推磨碾米，讲个先来后到哈！"那师傅一个劲儿地向我解释。

四

那晚我去买冰淇淋，给了三块钱，不料老板却找了我一块五。

"是不是多找了一块？"我问。那中年妇女看了看我手里的绿豆沙冰淇淋，未作声。

"这不是两块五一个的吗？"我又问。"有两种包装的，一种确实是两块五一个，这个是另外一种包装，只卖一块五。有的店的确把一块五的当两块五的卖，那是坑人呢！"那妇女淡淡地回应。

某日，女儿肚子痛，我让她喝藿香正气水，才喝一口，竟然呕吐不止。我赶紧送她到楼下诊所，陈医生慢腾腾地拿出体温计说："先量量体温，自己看着时间，五分钟后再叫我。"

他正在处理另一个病人，是个十一二岁的孩子，满脸通红，像个蔫茄子一样歪坐在沙发一角。

"时间到了没？"女儿有些不耐烦地问我。

"还有一分钟！"我说。

陈医生听到我们说话就走过来，让女儿拿出体温计，凑到眼前看看，低声细语地说："没发烧。"然后拿出一个用酒精浸泡的木板，让女儿把嘴张开。

"啊——"陈医生和女儿同时说。

"没有啥问题。"陈医生轻描淡写地说。

"那她吐是啥问题？"我疑惑。

"可能是吃了啥东西惹的！"

"给弄点啥药不？"我问。

"不需要吃药，回去少吃点稀饭，休息一下就好了！"他再瞅瞅趴在桌子边的女儿。

"她好像还要吐的，开点药保险！"我还是有些不放心。

"可以不吃药就尽量不吃，药吃多了对她有啥好处？"他白了我一眼，声音忽然高了起来。

我只好站起身来，拉过女儿，走出诊所的玻璃推拉门。

"一有小问题就紧张，就吃药，一大包一大包的，迟早把身体吃垮了！"陈医生自言自语，但声音全部涌入我的耳朵里。

深夜的声音

一

余光中先生到黄河踩了湿泥，不忍拭去，就穿着泥鞋登机。回到高雄，才把干土刮净，珍藏在一个瓶子里。

我也曾从菜市场搜得几根绑青菜叶子的稻草，晾干。在想念故乡的深夜，用火柴点燃在书房，房中弥漫着稻草的味道，却很快烟消味失。想起来，实在是不该焚烧掉那燃不尽的思念。真该供之于书架顶层，每到深夜，房屋里定会传出稻子和母亲的呼唤声。

从纳木错回来，顺便带回一些石头，将它们盛放于盆盂，每天都不忘给它们浇一次水。有一天半夜，我从醉酒中醒来，忽然听见汩汩的水流声音。那些石头对我说："我很渴。"我这才恍然记起，已有很多天没有为它们提供食粮了。

从乡下带回的泥土，半夜里总会发出种子破土的声音。我立在刚从秋日地里摘回的南瓜旁，总听见泥土说："我如释重负。"

深夜的声音，有女儿的哑嘴声，有妻子的嗔怪声。

深夜，都过去了，或者都没发生。

二

接连几天的阴雨，我忽然记起小时候婆婆说的那句话："天怕是漏了！"

天漏了咋办呢？我在上学前一直很担心。后来听老师说女娲。可直到过了将近四十个年头，我也没有遇见女娲一次，更没有看见她在什么时候补过天。但天依然完整。

"是哪个把天补好的呢？"女儿曾经不止一次地问我，我也曾经不止一次地问自己，但至今不晓得是哪个。

昨天，我忽然找到了答案。早上一起床，妻子惊呼："晴了，太阳出来了！"我迅速从床上跃起，立到窗前，果然看见了红彤彤的阳光从城东的栋栋高楼间穿射而来。再看看天，蓝得发亮，亮得耀眼，没有一处缺漏。

当我再次将脑袋搁在枕头上的时候，也不得不惊呼："是太阳，就是她！"妻一脸茫然地说："昨天夜里还有落雨的声音。"我说，我终于找到了"是哪个将漏了的天补好"的答案。

三

我越来越不相信自己的耳朵了。

在风的蜕变下，静得可以听见桂花落地的声音，反而更觉聒噪。

我的眼睛越来越疲惫，以至于总是看见一种色彩。有时候闭上眼睛，世界却更加清晰起来。

我的嘴和舌头快要全部失去知觉，苦甜咸淡都已不存在；更多时候，反而觉得白水百味。

我的灵魂越来越守不住身子，总在午夜游走。当夜里独坐房中，我的灵魂总是飞出窗外。它把尘土收入囊中，好让它们不再蒙蔽我的双眼。它对风说，不要让那些好好的声音变了调。他将调料统统埋葬，水、草、物便散发出自己本来的味道。

听，不如一见；见，不如亲尝。

都归一心。只要心在，即便灵魂游得再远，总会听见来时的声音。

小 名

在我的老家，人们把乳名习惯性称为"小名"，把学名叫作"大名"。

小名的取法大致有几种。男孩有以季节为名的，比如叫春娃子、伏娃子、秋娃子、冬娃子；有以品德为名的，比如叫勇娃子、猛娃子、刚娃子、强娃子；有以生肖或动物名字为名的，比如龙娃子、牛娃子、狗娃子、猫娃子；还有与爱国有关的，比如拥军、爱民、解放；等等。女孩有以植物为名的，比如梅女子、兰女子、菊女子、玉女子、桂女子；有以颜色为名的，比如红女子、蓝女子、雪女子、青女子；还有以气质特点为名的，比如秀女子、英女子、芳女子、香女子；也有直接叫"女子"的。

老一辈的人说，男孩的名字越丑越好养，因此有叫作闷牛、蛮牛、花狗、闷狗的，也有直接叫作"丑娃子"的；女孩的名字则越漂亮越好，长大了就会更漂亮，因此有叫红梅、雪梅、玉兰、芙蓉、秋菊的。

老家的村子里有一种习惯，孩子没结婚，一般都直呼小名。有的父母得了孙儿，却仍叫他们的儿子、媳妇的小名，以至于孙子、孙女跟着爷爷、婆婆叫他们的父母的名字，常常惹得大人笑作一团。

我的婆婆直到去世之前都是叫我的小名。四姑说，人家娃儿都多大了，还叫他小名，多不好意思。婆婆说，惯了，我的大名叫起来拗口，她记不住。我说，我喜欢婆婆喊我小名呢。

父亲自从给我取了学名后，直到我大学毕业才开始叫上的。那年，他作为受到县委、县政府表彰的基层党支部书记代表到县里领奖，开会间隙，他来学校看正读高二的我。好不容易才找到我的教室门口，历史老师问父亲找谁的时候，他一口叫出我的小名。历史老师让父亲说出他要找的孩子的学名，父亲却一时想不起来，只好在门口等到我下课，用小名叫住了走出教室的我，以至于全班同学很快都知道了我的小名。

　　我的表弟读研究生二年级了，春节从上海回老家专门来看父亲。七十岁的父亲抓出一把糖果塞到表弟手里，一个劲儿喊着他的小名。我说，爹，人家是成年人了，你还喊他的小名呢。父亲说，喊小名亲切些！喊你小名的，还是外人不成？表弟说，舅舅喊外甥的小名，咋喊都顺听呢。

　　我想也是，能够叫得出你小名的人，除了亲人，一定是离你不会超过三五个田坎的人！当有一天，没人再记起你的小名，没人再喊你的小名，不是你老了，就是你离开家乡的时间太久了，要不就是你与老家的距离太远了！

一缕阳光穿透黄土

清晨，碰见一缕阳光，她脚步匆匆，有些气喘。我刚要问话，她说，走了好远的路，刚从黄土地里回来。

"那你一定碰见了一个十三四岁的女子了。"我惊喜道。

"我正好与一位少女擦肩而过！红扑扑的脸，背着大书包，走在山路上，一路都是鸟儿在给她唱歌。还看见那些嫩绿的叶子，红的桃花，白的梨花，它们把温暖填满那少女的眼睛。"

"你有没有看见一位中年的妇女，赤脚走在田埂上？"我有些得寸进尺了。

"看见了。她从水井的方向走来，肩上担着满满一挑水，边走边擦汗呢！"

"那一定很累的。"我嘀咕。

"你不知道，她还边走边哼着山歌呢！"

"有一位背着满背篼玉米棒子的妇人，你看见了吗？"我再次试探。

"看见了。她刚从高高的玉米地里钻出来，灰白的头发上沾着长长的玉米的胡须！那妇人穿着宽松的圆领T恤衫，低头走过一棵梨树。"

"还有一位，厚厚的棉衣外面系着一件黑色的围裙，手拎一个椭圆形的竹篼，脚穿黄色胶鞋踏过霜路，用竹刮子撬开厚厚的冰层，淘洗红萝卜白萝卜的妇人，你看见了吗？"我再次急切地问阳光。我有些不敢相信，为何我想见的她都可以看见呢？

"看见了。她跨过一个沟坎的时候，踩在硬而滑的冰面上，差点儿摔倒。她的一双手和竹篼里淘洗干净的红萝卜一个颜色——红！"阳光立在我的面前，似乎要和我告别。

"你看见的她们，就是我的母亲。那年，她一不小心钻进一堆黄土里，我们从此无法见面了。"我轻声告诉阳光。

　　幸好有一缕缕的阳光，她可以看见。每天清晨，当阳光路过那堆黄土的时候，母亲一定也会这样急切地问她："看见那些孩子了吗？那就是我的孩子！让他们一直跟着你，好让我可以看见他们！"

忧郁的母亲

母亲满脸愁容地躺在床上。她头上裹着一张花帕子，长长的麻花辫子缠裹在花帕子里，本来就不大的脑袋就又圆又大了。

母亲见到我刚放月假从县城回来，就拖着病体走进厨房，为我烧水做饭。她到柴草棚抱回一捆草，划亮火柴点燃，铁锅里冒出阵阵热气。我自觉地帮她烧火，她并没有拒绝，同我谈起学校的事情。

洗完锅，她从挂着腊肉的樟木树干上切下一卷腊猪板油，又切下一块腊肉。熬油，炒肉，煎蛋。不多时，一碗热气腾腾、香气四溢的煎蛋面就端到我的面前。

"快吃，你肯定饿了！"

"抄一下碗，底下有肉！"

我应声，很快吃了个干净，母亲很满意地收拾碗筷去了。

第三天是星期天，我要回学校了，去十里外的镇上赶班车。

母亲为我收拾东西，米、咸菜、书、衣服。正是十月，阴雨连绵，我的外套没有干。她叹口气，抱来一大堆稻草，燃起，为我烘烤衣服。她边烤边缝补外套上裂开的口子，边责骂天空不出太阳，边责怪自己没给我多缝制几件像样的衣服。收拾完这些，她又煮了一大包鸡蛋，用父亲的军用水壶装满一大壶开水，送我到村口山脚下。

天还没有亮，我们打着手电，深一脚浅一脚，终于来到村口的老核桃树下。她叫住我，塞给我一卷钱。

"这三十三块钱，你拿去。这是我专门给你凑的！"

我不要。她急了。

"这是卖蛋、卖黄豆的钱，你爹不晓得。"

我只得揣好钱，说声走了，就顺着山路向上爬。大约过了几分钟，却仍然听到一阵低低的抽泣声。我返回核桃树那，只见母亲还站在那里，用袖子抹着眼泪，晨风摇摆着她虚弱的身子。

"天冷了，要多穿衣服，不要饿肚子。"母亲喊着我的乳名。

"晓得了，回去吧。"

"我想再养一头母猪，也好给你们多凑些钱。"母亲又说，"要好好读书写字。"

"你也要注意身体。"

她抬了抬手，示意我走吧。

我不敢回头，怕看到母亲那双忧郁的眼睛。

等母亲走远了，已经看不到母亲的影子时，我大声哭喊着"妈！妈！妈！"直到把女儿吵醒。

女儿翻身爬到我的耳朵旁说："爸爸，我梦见了那个地下的婆婆，我怕……"

我搂住女儿，告诉她："别怕，是婆婆来看爸爸和你呢。"

马平的红围巾

> 冬天来了，马平来了，红围巾也来了。天越冷，马平的红围巾就越红。
>
> ——题记

那一年，我在青川的一个文学聚会上，看到正在那里挂职副县长的马平。那天下着小雪，青川的天气干冷得很，但马平的讲话却像深山老林的疙瘩火，从脚一直暖到我的头发尖尖。马平话里的几个关键词到现在我还记得，尤其是他站起来招呼我们的时候，他胸前的红围巾仿佛是冬天里的一团火。他说，要尊重文字，尊重作品，不要写起耍，更不要耍起写。他又说，要深入生活，沉稳写作，不要蜻蜓点水，而要学蜜蜂酿蜜。他还说，要写真文章，出好作品，不要只顾着栽葱花、蒜苗，而是要收割麦穗和稻谷。

几年后的某天，我又遇到马平先生。那也是冬季，只不过雪刚刚融化没几天。我到广元火车站接他。走到出站口，我远远地看见了健步而出的马平先生。握住他的一双热手，我又看见了他脖子上的红围巾。他说，我来广元采些阳光。他是应邀参加童戈先生散文作品研讨会暨新著《一地阳光》首发式的。会上，身为四川省作家协会创作研究室主任、著名作家的马平先生，他的发言照样让人热血沸腾。他说，现在作家很忙，可喜可贺。他又说，童戈老师是公安文学方阵很有分量的作家，是嘉陵江作家群很有分量的作家，是散文领域很有分量的作家，是一个非常热心的文学工作者。他嘱托像童戈那样年长的作家朋友们少写作品，保重身体。他希望年轻的作家们多写文章，写出精品。话语间流淌着满满的尊重、温暖和关爱。

研讨会上，正襟危坐的马平妙语连珠，我看见他的红围巾随他的话在整个会场迂回，升腾，飘扬。忽然，马平的红围巾走近我的座位，低声对我说，近年来，主人马平呼吸着山谷的芬芳，在小麦色的夏天，与婆婆一起读语文，唱起高腔，潇洒得很。我悄悄对红围巾说，我倾慕你的主人已经很久了，也很喜欢你。我们说话的时候，我看见马平先生红光满面，红围巾更红了。

红，是椪柑的红

自泽同志因肺癌住院九十余天，在一个下雪的早晨走了，留下一大堆医疗发票和憔悴的老伴。

她一进门就气喘吁吁地说："他走了。一句话都没有留给我，亏我一天到晚侍候他几个月！"

"癌症晚期，病人都很痛苦地煎熬着。早走，也是一种解脱，对自己，对亲人。"我劝她坐下。她顺手递给我一沓发票说："看嘛，报了账，还有几千自己付的，看看可以给报不？"

我认真看了看那些票据，详细给她解释相关政策，收下还带有她的体温的发票，说一定按政策给解决，也劝她要保重身体。

"老头子还有一口气的时候一再嘱咐不要给政府添麻烦。我也不想，就是我的身体不争气，一身是病，几个儿女下岗的下岗，失业的失业，上班的收入也低，还要供娃儿上学。我是硬着头皮来的。他活着的时候也给国家做了些贡献，也没有提过过分的要求。就这一次，最后一次！"她从椅子上站起来走近我继续说，"希望你们一定给予考虑！我代老头子先谢谢你们了！"她的声音开始嘶哑，眼圈里盈满泪了。

我也站起身来说："一定，一定！"准备再给她添些热水，她将纸杯放在一边不让倒，说要走了，还要到社区办理老伴的后续事情，不敢过多打扰我们的工作。

她着急地走出房门，我看见了她原先坐的椅子上一个红红的帆布口袋，赶紧提醒她。

"你不说我还忘了！早上出门的时候儿子专门让我去市场买的，几斤椪柑，给你们的，看把你们麻烦的，辛苦你们了！"她往门口退了几步说。我表示不同意，她也坚决不从。

"这是我们的一点心意，不要嫌弃！"她见我将口袋提出来，抬手用力地推向我说，"这又不叫送礼哈，你不要害怕，是我们老百姓送的！"然后转身就要走。

我不好再说什么，怕说过多的话，做过分的动作，反而伤害了她。见她走下楼梯，我才慢慢转身将那口袋放到椅子上，解开裹紧的红色塑料袋，里面整整齐齐排列的大小一致的椪柑一下子映入眼帘，全都是红红的脸蛋，脸上堆满了层层的笑。

我坐在位置上，看看红红的帆布口袋，再看看红红的椪柑，思绪万千。

有一种呼喊的声音，涩涩的

> 儿时的伙伴，终身的朋友——晓峰，因遭遇车祸，于2011年5月30日凌晨去世。不甚怀念，泪记。
>
> ——题记

你静静地离去，不惊动旁人和一株青苗。

太累了，你就这样躺下去，躺成一堆黄土。

想起当初，我们像两个刚刚冒出花蒂的黄瓜，干风一吹，在半黄半绿的藤架上摇晃。那些打发漫长冬日的脚印，一起丈量着冰冻的干瘪柿子树的高度。秋日的黄昏，我们用双手翻拣丰收过的苕地，分享着一根细长的蔫红苕的满足，躲藏着阳光里早已充盈的风霜。白雪覆盖村子的时候，我们不小心点燃茅草，将生产队里的粪棚烧成灰烬。

沿着泥泞的山路，我们听着鲁迅的社戏，遇见卖炭翁，一起放满山坡的羊。村口核桃树下的青石板还在，用5号电池芯演算的算术题，却了无踪影。红布书包里装的不只是半支铅笔，两三本语文、数学书，三四个作业本，还有一本撕了前三页的《西厢记》和《黑熊奇遇记》的画册。

过第一个儿童节那天，我们一出村口就交换着白面饼子，一人一口地喝着一吊瓶大蒜泡的盐开水，一路小跑到十多公里外的完小所住的乡场。午休时间，我们从临时的教室逃到高高的芦苇丛里，酣睡了整个下午。面对先生的责罚，我们一口咬定是因为口渴才去堰塘喝水，我们说还看见一群一群的鱼也在大口大口地喝水。

四月，饥饿的岁月。我们上山吃了有毒的马桑果而被紧急送到乡医院；我们在大梁坡与菜花蛇争抢红红的蛇范；我们一道偷吃生产队种场里顶着红帽子的青玉米棒子，风一样地逃避看护员隔着三四个田埂的追赶；我们用"蛋子"炸死了三条狗，因为它们忠于职守，看护着涩杏苦李……

春天，当我们刚刚闻到一阵花香，就被父母安放到了河地乡完小的木架子床上，像蘑菇般参差不齐地长在通铺里。白天紧张而枯燥的数理化和英语，总是掩盖不了饥饿。半夜，我们偷偷下到小河沟，在手电筒的引诱下，捞上七八只鱼虾，翻进食堂，放入饭盅，补充着玉米红苕盅盅饭的没有油水。

得知年猪宰杀的消息，晚自习后，我们相约跑了十五公里的山路回家，为的是吃上一碗母亲为我们煮的面条，又在早操之前匆匆赶回寝室补几分钟的瞌睡。因为生了一场大病，初二年级的你准备辍学了，是我的一篇歪歪斜斜的劝学信，感动了你父亲，他笑笑说，还是多读书的好。于是我们又一次同睡在那架两层的木床上，做起了明天的梦。

初中生活很快就结束了，我们收起十五六岁的青春，各奔东西。

几年后，我在师院嘈杂的寝室里，忽然接到了你在广州一家鞋厂寄来的长信。你让我告诉你我的鞋码，很快就给我寄来一双你们厂里用于出口的运动鞋，蓝白相间，放在铁架子床底下格外显眼。你说正在准备读自考大专，我赶紧回信表示鼓励和支持，也许还说了些现在看来十分幼稚的话。

那年正月，你背着大包小包来到我蜗居的城市。杂乱的办公室里，微弱的灯光下，我们在火车启动前的五十分钟时间里，谈论着理想，直到你的妻子从睡梦中惊醒。你说你要赶紧出发了，不然错过火车，几百块钱就白花了。走出大院的时候，你紧握我的手嘱咐我，办公室的台灯太暗，屋里有些潮，要注意眼睛和身体啊！

你的妻儿从农村进入城里，赶上了惠民的户口政策。你说你要把自己的户口留在老家，将来要是混不下去了，还有个落脚的地方，还有一亩三分地的希望。

有一年春节，你在电话里说你准备离婚，请了两位律师，婚没离成，但夫妻早成了陌路。你一个人带孩子，一个人上下班，一个人读着怎么也读不完的自考科目。过了几年，你说为了挣钱养家，你已从广州的厂里跳槽，到江西搞建筑。你说孩子也大了，自己仍一事无成。这些年，因为婚姻，你很疲惫。

又一个春节，见到你的时候，天空正飘着鹅毛大雪。你好说歹说要我到你家吃顿饭。饭是你母亲做的，从中午一直吃到天色渐暗，满桌子的菜凉了又热，热了又凉。

你父亲的突然离去，是在那个麦收秧插的黄昏。你们兄弟三个像山顶滚下的石头，从天南地北飞奔而回。你说父亲从小病拖成大病，都是做儿子的没尽孝。

你最终收回远去的影子，也带回你的爱情和可爱的女儿。在家创业，也可闯出一番事业——你就这样给自己和第二任妻子鼓气。养鸡，养鸭，养猪……什么赚钱你就为什么日夜奔忙。你经营的货车驶在陕南川北的时候，是在你取得驾照一年之后。我说值得祝贺与期待，你却双眼皱成一团地告诉我，贷了十几万元的款，不知何年何月才可以还清。

听说我要搬家，有些旧家具要送回老家，你在一个炎热的下午便把载重二十吨的大货车开到了我家的小区门前。装货，卸货，你和你的弟弟忙前忙后，直到接近午夜十二点，我们三个人才颠簸着到达目的地。

那次的交通事故，你幸免于难。本该休整一下，但你说没有问题的。为了兑现到期还款的承诺，你带上妻子连夜上路了。而这次，你不再幸运。

2011年5月30日，农历四月二十八日，早上五点刚过，天刚要拨开亮口的时候，你的车侧翻在公路边上的麦茬地里，连同你的妻子和十四吨大米。时针，定格在你三十九岁的这一天。

你就这样匆匆走完了岁月，什么也没留下。

只记得你说麦子已经黄在地里，堰塘已经开始放水。赶紧拉完这趟货，就回家收麦，回家插秧。只记得你说等干出一番成绩来，就入党；你还认真地咨询干了三十年支书、有四十年党龄的父亲，如何写好入党志愿书。只记得你说孩子读书的事，又要麻烦我了；孩子脑袋瓜聪明，但耍性大，有空了一定帮忙督促督促。只记得你说，人一辈子太苦，太累。只记得你说，人还是要相信命运。

五月，我总觉得是个悲壮的月份，不知道是不是因为有了一位写过《离骚》的诗人，纵身跃入了汨罗江。而今，这个月份更增添了无限的惆怅。

你的笑，淡淡的。

你呼喊我名字的声音，涩涩的，一直忽远忽近地从风里传来。

和一只狗的亲密

昨日雨水，晴了多日的天，早上就下起了小雨。

外公八十岁大寿的寿宴，选在一家农家乐举办。十点一过，我去接他。车到农家乐，刚一停稳，一只米黄色的大狗便等候在车门前，摇头晃脑，摇着尾巴，比主人还兴奋。

亲戚们陆续赶到，先到的已经在麻将桌上分高下了，麻将声、嬉笑声混在一处。我对麻将不感兴趣，麻将也对我无情，三打两输，于是挣脱亲戚的劝说，独自一人出去转转。

这家农家乐临山脚而建，前面就是嘉陵江。山坡上的树大多年轻，几处光秃秃的地方稀稀疏疏地躺着枯草。我沿房后的石梯慢慢往上爬，在拐角的地方，忽然蹿出一只大黄狗，面孔十分可怕。它正要叫出声来，却又忽然闭口，尾巴开始摇起来。也许它认为我是来消费的客人。

我继续沿土路朝山上走。几株人工栽种的桃树开始蹦出花骨朵，恰似即将上场的演员。我拿出相机拍照，忽然，一个苍老的声音不知从什么地方传来。

"那里有啥好看的？"

"狗咬了我们不负责！"

话音刚落，一只大黄狗就从屋檐下冲我而来。还是刚才那只狗，我们算是认识了吧？毕竟打了两次照面。我想，它应该不会是来咬我的吧。哪知我的想法有些幼稚，它依旧把我当作陌生人，龇牙咧嘴地冲我而来。我赶紧抓起一个枯树棒，对着枯草使劲儿打下去。那狗刚要够着我的裤腿时，迅速往回跑，我倒吸一口凉气。对于躲避狗咬我是有经验的，儿时，老家的狗多次追赶过我。这只狗的身形、品种、气势，远远超过老家的土狗，但它在勇敢、果断、速度等方面却远不及土狗。看着它夹着尾巴跑下山，一种胜利者的幸福感涌遍我的全身。

一个戴着鸭舌帽的瘦小老头儿，站在菜地里对我吼。

"我都说了让你不要到那山上去，有啥好看的？"

我远远地对他笑，也对早已回到他身旁的大黄狗笑笑。老头儿不再大声说话，嘴里咕哝着什么。大黄狗不时干叫几声，算是给老头儿一个交代。

我继续上山，没走几步，出现了一条刚刚踩踏出来的新路。我跟着脚印走去，却到了一片坟地。大小坟堆有十来个，每个前面都留下一堆纸灰。看来这山上平时很难有人来的，只有到了节日，后人才会记起要来这里走几步。绕过坟地，一株杏树开出了几朵白色的花，在树林里显得十分奢侈。

这时，我接到亲戚的电话，说有要紧的事情找我，回去才知是他们打麻将"三缺一"，强人所难的事情有时候不得不做，毕竟我是凡人一个。

天空不知什么时候又飘起了细雨，下山的时候，我狠狠地摔了一跤，早上特意换上的新牛仔裤沾了不少泥巴。下石梯时，那只大黄狗又跑过来，我警觉起来，它却站在第一步梯坎旁，摇头晃脑，不停地甩着尾巴。那毛茸茸的尾巴，让我想起了车站旅馆里胖胖的女老板手里那根脏兮兮的鸡毛掸子。

乡村记事

两起事故

老常骑摩托搭同村同组妇女赶场，行驶不到十分钟，便不慎摔下十米多高的山坡。摩托报废，老常受伤，妇女当场死亡。

妇女的娘家人硬要老常将尸体背回家里，还要老常和其子女戴孝，并且赔偿死者四万块钱。老常说，他冤，是妇女硬要搭车。老常的几个子女说，冤就冤了，认了，一了百了。乡亲们说，这下赶场走个亲戚啥的，不好搭人家的车，免得出了事，害人。

邻村的李家修房，平整地基，爆破时，李家二六十岁的老父亲被一块石头砸中脑袋，当场死亡。

李家报了案。派出所将无证施爆的牛娃子和他爹一起带到派出所。牛娃子的媳妇和母亲顿时瘫软在地。牛娃子的二爹、三爹、堂哥、堂弟连夜筹集了十二万元赔偿李家。正当下葬的头夜，李家老汉的妹妹不依，非要二十万元。派出所在进行调查时，说牛娃子他爹涉嫌非法私藏了几公斤炸药，要追究法律责任。

牛娃子媳妇哭着要跟他离婚，牛娃子母亲再次昏厥。牛娃子是上门女婿。牛娃子媳妇在乡亲的劝说下连夜赶到二十公里外的老家，借了三万元。东拼西凑了二十万元，李老汉终于下葬。第三天，牛娃子他爹从派出所出来。第七天，牛娃子也被媳妇从拘留所接回。

这两件事后，乡亲们说，没证就不要干有证的活；好事也不能见人就做。

王大妈的"动静"

宝来村李老汉家的猪在一天夜里拱破猪圈，糟蹋了一地的红苕后不知去向。顺着脚印，李老汉一大早就寻到了邻居王大妈的猪圈，发现他家的那"老舍物"竟然跟王大妈家的老母猪嘴对嘴地睡在一处。李老汉将他家的猪拽出茅屋，却闻到一股刺鼻的气味。

此时太阳虽刚刚冒出半个头，却感到了夏日袭来的热气。"不是猪圈的味道！"李老汉使劲儿皱了皱鼻子。

他在离开院坝之前，习惯性地叫了声"王大妈"，没有回应，再叫，还是没有动静。李老汉把猪拴在院坝边一棵老核桃树下，就去敲王大妈的门。只轻轻一敲，门却自己开了。

一股更加浓烈的刺鼻气味差点儿把李老汉击倒在地。他低头一看，脚下三三两两的蛆虫不停地往门外爬；再往床头一望，只见王大妈横躺在床上，身上密密麻麻地爬着蛆虫。李老汉赶紧捂住鼻子，一口气跑到社长彪成的家里报信。

社长一屁股从床上坐起来说："是有好几天没看见王大妈这老太婆了！"他一溜烟朝王大妈家跑，边跑边吆喝人。当走到王大妈家的时候，社长身后已经跟了男男女女七八个人。社长捂住鼻子走近王大妈的床边，确认人已经死了，就站在屋檐下开始张罗为她净身、入殓等事宜。

安老汉对社长彪成说："恐怕还没法装棺吧？"社长问："咋了？"安老汉说："得先把死因搞清楚！"社长说："有啥死因？一看就是脑溢血（脑出血）！"

"应该通知人家的亲属子女到场！"人群中传来一个中年妇女的声音。

"就是，人家子女五六个，都在外地打工，还有当了大老板的，万一回来找我们要人，就难办了！"又有人嘀咕。

社长一想也是，赶紧一面派人给王大妈的儿子、媳妇、女儿、女婿们打电话，一面派人到她娘家报丧。

有人推开堂屋的门，一口硕大的柏木棺材躺在墙角，乌黑发亮，正在流油。

报丧的人回来说，王大妈娘家只剩下她八十多岁的哥哥，正在用摩托将他往这边送。社长让人取下一个门板，作为临时安放尸体的地方；又派人准备柴火，四个人去王大妈的柴山砍几棵青冈树，三个人掀开柜子撮出谷子和麦子。

王大妈的哥哥王德怀颤巍巍地从摩托车上下来，社长赶紧迎上去叫"王表叔"。走到那棵核桃树旁，李老汉的那头大黑猪突然狂叫几声。他赶忙跑过去用脚踢了两下，那猪便乖乖地卧在地上。

"你的猪咋拴在王大妈的核桃树下了呢？"一个年轻人突然发问。李老汉解释了半天，全院子的人都半信半疑地盯着李老汉。王德怀也盯了盯李老汉，然后径自走到王大妈死去的那个屋里，身后跟着社长、安老汉和几个年轻的男人。

王德怀走近王大妈的尸体，用手摸摸她早已变硬的手，再用鼻子靠近她的脸闻闻，然后从头到尾打量一番，在社长的搀扶下慢慢直起身来说："已经走了好几天了！"社长说："都怪我们，没有及时发现！"

"入殓吧，这身上都干了！"王德怀又补充了一句。

安老汉说："王哥哥，你要做主啊，娃儿们回来不得找话说吧？"

"这些畜生，他们还有话说？！"王德怀的脸一下子变得铁青。

"王表叔，我建议还是找派出所的过来看看，免得节外生枝！"一位年轻的后生伟力说。

"是该让派出所的人来验验尸，一来排除有人捣乱，二来也好对她的儿女有个交代！"社长说。

"有啥好交代的？到时候我来交代！"王德怀真的有些生气了。社长赶紧先向村主任报告，村主任在电话里说，不要先动尸体，他马上通知派出所的人过来。妇女们开始翻箱倒柜地寻找王大妈的"寿衣"，一会儿就翻出9套。王德怀看看说："这些龟儿子早有准备！"

派出所的陈警官和杨警官赶到王家的时候，已经是下午四点多了。经过勘验，王大妈系突发脑出血跌倒而亡，属正常死亡。

"那就可以装棺了？"安老汉问社长。

"还不装等啥？"村主任狠狠地瞪了一眼社长。没等警察返回上路，安老汉便开始忙活起入殓的一系列事情来。

在众人忙活了三四个小时后，王大妈被工工整整地装进了棺材，棺材也从墙角移到了堂屋正中央。锣鼓、唢呐开始响起的时候，王德怀舒了一口气，对社长说："劳烦你们了！我得先回去，等下葬的时候再过来！"社长安排年轻力壮、车技好的俊贤连夜送王德怀回到十五公里外的王大妈娘家。

明天老汉掐算出王大妈的出殡日，先是定在三天后的早上七点。社长说："恐怕办不到。一是她的儿女一个都不在场；二是待客办酒的东西也还没有准备。"明天老汉翻翻发黄的书说："那就只有七天后有期。"

"就定在七天后的早上六点！"大家一致同意，于是分头准备。

在烧王大妈床上谷草的时候，勾二娃发现了一卷一卷的钞票，赶紧叫来社长。社长将谷草捋了个遍，大大小小的钞票总共3894元。

"这老太婆，这么多的钱都舍不得花！"社长赶紧让人先封存，待王大妈的儿女回来给他们交账。

三四天后，王大妈的儿女相继赶回村里。都是未进家门，先是一阵鞭炮声，然后是一阵鬼哭狼嚎。年长的村民把他们一个个劝进堂屋，围绕棺材走三圈，锣鼓唢呐响三遍。

"赶紧过来商量酒席的事情，别光顾着哭了！"社长叫来王大妈的长子青山。青山说："还是等老二回来再商量！"老二青地长年在外面承包工程，据说去年一年就挣了上百万元，现在青家的大小事情都由他说了算。正说话间，屋后响起一阵刺耳的喇叭声。勾二娃说："是地哥回来了。"众人一齐向院坝外跑去。一阵长长的鞭炮声后，从小路上走来一位四十岁上下的胖男人，身后跟着一个打扮入时的年轻女子。

"是老二回来了！"社长走上前去打招呼。老二青地哼了一声，径自走向堂屋。

青地没哭，跟在青地身后的年轻女子也许不知道要哭。烧了几张纸钱，青地说话了："我妈咋死的？咋死的？"连问两声，不见有人回话。

"脑溢血！"是安老汉的声音。

"咋不送医院？"青地再问。

"哪个晓得嘛，走了好几天才晓得！"李老汉说。

"我妈到底咋死的？我妈一直不见有脑溢血的，是不是有人搞啥鬼？"青地又问。

"派出所的人都来过，勘验了的，老二！"社长说。"村主任在场，派出所验过的，恐怕没假吧？"安老汉说。众人一下子停住了手里的活计，面面相觑。

"老二，不要瞎猜，赶紧过来商量后事！"一直不说话的青山，终于在这时开了腔。于是五六个子女钻进屋里，商量轰轰烈烈的后事：宴请哪些人，开追悼会，某某头面人物致悼词，摆几十桌坝坝宴，用十几套锣鼓唢呐，送上百个花圈、帐布，燃放一个小时的烟花礼炮，等等。社长详细地列了一大本。

出殡头天，王大妈所在的村里好不热闹。从下午一点开始，锣鼓、唢呐、花圈、帐布涌向青家院里，一直持续到晚上七点。几百位亲戚朋友在晚饭后聚在院坝里，追悼会开始了，九十岁的退休教师青明月慢腾腾地念着文白相间的悼词，院坝底下一片闹哄哄。但每隔一会儿总能听见青明月念着王大妈如何贤德、如何勤劳、如何慷慨大方地帮助乡民等。然后是老二青地代表家人，讲述对母亲大人的去世表示无限的悲痛和思念，对亲朋好友表示衷心的感谢和感恩之类。然后就是长时间地燃放烟花礼炮，将里河里岸乡村的天空照得如同白昼，惹得为数不多的黄狗、黑狗、白狗来回奔跑狂叫。

接着就是几十套锣鼓、唢呐依次敲打，哀乐滚动播放。社长兼"支客"开始在高音喇叭里安排各路亲戚睡觉的人数和去处。本社每家都安排一两个客人，因为各家都有外出打工的人。只是各家都说，屋里好久没睡人了，怕是霉臭得很，要先回去收拾收拾。社长大声说："收拾个啥，赶紧先把人带走！"

李老汉那只拴在王大妈家核桃树下的大肥猪，被厨师"征用"了，他又去看了两头，共计宰杀了三头，才勉强够五六十桌客人享用。王大妈在早上六点准时入土。

早上四点刚过，高音喇叭就开始奏起了哀乐，然后是社长沙哑的声音，叫帮忙的赶紧各就各位，蒸锅开始上火了。五点整，棺材由八个年轻力壮的小伙子从堂屋抬出，慢慢向墓穴移动。上百米的路上，一片白。六点，棺材被缓缓放入墓穴，紧接着就是一阵一阵声嘶力竭的哭泣声。

王大妈的儿子儿媳、女儿女婿、孙子孙女们全都围着墓穴，捧土，作揖，哭成一团。各路亲戚，乡里乡亲，全都抹眼泪。青地跪在坟头前边烧纸钱边哭："妈呀，这些钱够你花了，有车有房，有手机、电脑，还专门给你请了个保姆，免得你在那边再受苦啊！"

勾二娃一直蹲在青地的背后，是社长特意安排的，让他在适当的时候拉起青地，免得他一直哭着下不了台。勾二娃听到青地说钱，才记起社长从王大妈铺的谷草里抒出的几千块钱。他凑近青地，将这一情况耳语给青地。

坟堆垒起来了，纸房子和花圈开始燃烧。青地有些跪不住了，没等勾二娃拉他，就自己站起身来，借故找到已经在席桌前后吆喝的社长问："钱呢？"

"钱呢？"勾二娃也补充了一句。

"啥前啦后的？"社长往身着一身白色孝服的青地看了一眼问。

"少来这一套！"青地再加一句，"我妈留给我们的钱，你不会……"

青地一把将手持对讲机的社长拉进王大妈曾经住的那间房，王德怀正坐在王大妈睡过的床沿上。

"刚好舅舅也在这里，我妈的死肯定有问题，彪社长你要说清楚！"青地脸上冒出青筋。

"就是，钱的问题要说，说清楚！"勾二娃也进门说。

王德怀问："啥前啦后的？"

"社长，那天烧铺草的时候，王大妈放的几大千啊？你不记得了？"

社长一拍脑门，这才记起那档子事情，赶忙说："在壮财那里保管着的，本来你们一回来就要交给你们的，忙忘了，对不起啊！"他赶忙叫来负责给每桌发酒的壮财说："去，赶紧把你王大妈的3894块钱给你地哥拿来！"青地哼的一声，看看社长说："谅有人也不敢耍手脚！"

"我的确冤枉啊！他们长期在外，我没少照顾你妹妹呢！"社长冲着王德怀说。

"你还好意思说人家，你们一年四季在外面，以为给你妈拿几个钱就了事了？你们给她的钱还不是给你们存下了？"王德怀走近青地，狠狠给了他一记耳光说，"有啥手脚耍的？还有人谋害你妈不成？"

"舅舅，你咋当着这么多人的面打人呢？"青地吼起来。跟在青地背后的年轻女子一把拉过他说："我们出去，啥子年代了，还动手打人！"

"打你咋地了？对你妈，你们几个当儿女的，简直就是典型的'活着不孝，死了干闹'！"王德怀说完就要立马回家，社长拦也没拦住。

"失踪"的儿媳妇

早上，兰婆婆正在准备四个人的早饭和八头猪的食物的时候，被一阵孩子的哭声牵引出灶房。她用围裙擦了擦手上的水和灶灰，边向孩子的哭声方向跑边大声叫着儿媳妇的名字。

"翠翠，孩子咋了？"没有回应，孩子依旧在哭，而且声音比之前更大了些。

"这背时女子在做啥？娃儿哭成这样？"兰婆婆一下子推开翠翠的房门，只见两岁的孙儿横躺在床上，不见翠翠。

兰婆婆一把抱起孙子，发现孩子已经把尿撒在了床上。

"翠翠，翠翠！"兰婆婆又叫了几声。她以为儿媳妇是上厕所去了，就给孙子重新换上干净的衣裤，然后抱出房间，继续到灶房忙碌。可过了半个小时，也不见儿媳妇过来。兰婆婆觉得有些奇怪，就赶紧在院坝边上喊回在谷茬田里排水的丈夫凯大爷。

"啥事？你又像牛在嚎一样。"凯大爷到院坝边上放下锄头问兰婆婆。

"出事了，老不死的！"

"出啥事？"

"儿媳妇不见了！"

"啊？"凯大爷一声惊呼。

"昨天夜里还好好的，咋就不见了？"凯大爷说，"是不是……"

"赶快去找找！"凯大爷说着，挨个房间开始喊。兰婆婆又去茅房看了看，再到屋旁的鱼塘边仔细瞧了瞧，没有发现翠翠的影子。

"完了，完了！"

"惊疯活扯的，是不是到哪儿耍去了？"

"大清早的，她能去哪儿？"

"这里又没有亲戚朋友的！"

"朋友？"凯大爷和兰婆婆几乎同时叫出声来。

他们记得同村有一个翠翠的朋友——花花，凯大爷赶紧跑到三里地外的花花家问。花花说，她好几天都没与翠翠见面了。

"失踪了？"凯大爷问自己。

"赶紧给狗娃打电话，说他媳妇不见了！"兰婆婆对气喘吁吁的凯大爷说。

"要打你打！"凯大爷说，"我再到别处看看。"

凯大爷从屋里往外走，脚步有些轻，太阳已经射在树上的每一片叶子上，他却感到有些寒意。他把每家每户的鱼塘看了看，又一口气跑到村西的水库边，沿库坝走了两圈，再仔细看看水面，也没有翠翠的影子，于是径自走向社长家，向社长说明了情况。

社长问："你们两口子没跟她扯筋吧，最近？"

"哪扯啥筋，她妈像侍候仙人一样地对她！"凯大爷说。

"那再等等看。"社长安慰凯大爷说，"先回去，是不是……"

"不会……"凯大爷临走的时候又问社长。

"先不要往那个方向想！"社长再次安慰道。

时间很快过去了两三天，仍然不见翠翠的踪影。狗娃听到这一消息先是号啕大哭，然后丢下正在捆绑的钢筋，打车到车站，挤上了返家的火车。

就在翠翠不见四天之后，花花的老公公文大爷也气喘吁吁地跑到凯大爷家问询情况："翠翠有啥消息不？"

凯大爷摇摇头。

"花花昨天也不见了。"文大爷叹口气说。

"这些女娃子，放着好日子不过，瞎跑啥！"社长正好路过凯大爷的房前。

"社长，恐怕要报警吧？人都不见了啊！"凯大爷对社长说。

"娃儿回来没有？娃儿啥意见？"

"今天晚上就回来，电话已经打回来了，说火车晚点了！"凯大爷说。

狗娃是在晚上十一点多到家的，一回来就和母亲大吵一架，然后差点儿和父亲动起手来。他以为翠翠是与父母吵架了才走掉的。

"哪个遭五雷轰的，得罪了你那仙人！"兰婆婆赌咒发誓。

"一天啥事情都没让她做，就管个娃儿！"凯大爷也给儿子解释。

狗娃在大醉一天一夜后，也没了踪影。兰婆婆急了，背着孙子见人就问："见着翠翠没？看见狗娃没？"

"让他们去死，这些没用的东西！"凯大爷气得坐在门槛上不停地抽旱烟。

"凯叔！"村支书不知啥时候来到凯大爷的面前，"我说，凯叔，这个事情，你要正确看待！"

"她们几个一起走的，可能回老家去了！"社长说。

"走了，不得回来了！"狗娃突然出现在村支书面前，一副憔悴的样子。

"放我鸽子！我……"狗娃瞪着红红的眼睛说。"狗娃，你不要做傻事啊！"村支书拉住往屋里蹿的狗娃。"爹，给我准备几千块钱，我要去翠翠的娘家找她妈！""说啥话？那么远，你到哪儿去找？"兰婆婆说。

"她家那个村子我去过。我要找她妈说清楚，当初说好了的！"狗娃说。

"人家把钱一收，哪管回去与不回去！"凯大爷说。"啥？你们还给了人家钱的，好多钱？"村支书问。"几大千！"

"有几大千，你……"凯大爷赶紧止住兰婆婆往下说。"你们不是买的儿媳妇吧？那是犯法的啊！"村支书说。"那是我们自愿给人家的！没说买啊卖的！"兰婆婆说。

"哪个说自愿给的？还签了字据的！"狗娃说，"我要去找他们退钱！"

"你咋好意思让人家退钱！好歹给你生了个娃儿嘛！"凯大爷说。

"是啊，狗娃，给你生了个儿子，把香火续上了啊！"社长望望凯大爷。

"你们这些事情，没法细说……"村支书借故离开凯大爷家。

社里议论纷纷，村里纷纷议论。

狗娃还是邀约花花的男人牛娃一起去了翠翠、花花远在千里外的娘家。

一个月后，两人疲惫不堪地回到村里。

"找着人没？"凯大爷问狗娃。

"见着了她妈，她妈说她也没见到翠翠！"狗娃摇摇头说。

"人家差点儿找我们要人，说再不走就到派出所报案！"牛娃说。

"狗屁，一看就是串通好的，她妈肯定知道翠翠的下落！可能又去另一家当婆娘了，又给她们家里骗钱去了！"狗娃说。

"那也没办法了！好歹人家没把娃儿带走，要不'人财两空'不是？"邻居张大爷也劝狗娃。

"狗娃，不怕，反正你完成了你爹交给你的任务，有了种了！多挣钱，婆娘哪儿找不到？"社长也劝狗娃。

"不找了，好好把娃儿养大！"狗娃抱起孩子亲亲说，"没妈的孩子，不要像根草啊！"说完又使劲儿地哭了起来，哭得整个房子好像要塌了似的。

屋里住着风和老鼠

太阳村的小学坐落在一片坟山的前面，是在二十年前的秋天建成的。这所学校坐北朝南，上下两层，砖混结构，瓦屋顶。有教室八间，教师宿舍十间，礼堂一间，厕所厨房各两间。硬化操场近一百平方米，设乒乓球台一个，篮球场一个，升旗台一个，"集资办学纪念碑"一块。学校修建期间，太阳村村民集资两千余元，投劳不计，为期一年完成。

在这个小学里，曾经有邻近四个村的学生在此读书，被定为全乡四个基点小学之一。最兴盛的时候办了八个班，一年级到六年级，一个幼儿园和一个初中班，学生约五百人，教职工十五人。小学六年级毕业的学生基本考入乡中学。仅仅办了一届的初中，一个班的学生基本考入高中，考入中专一人。

当初，中梁山下，薄桥河边，一年四季，书声琅琅。

20世纪初，学校班级减少至五个，从幼儿园到四年级，五、六年级统一归到乡中学就读。

2008年地震的时候，学校仅存3个班级，学生不到150人，幼儿园也由公办改为私营。当年硬化的操场早已成了泥坝子，当年人头攒动的教室也空出数间。一间存放煤炭，一间堆放化肥，两间改做了村委会办公室，还有几间摆放着破破烂烂的桌椅板凳。

去年一个假期，我随着四岁的侄儿阳阳到学校溜达。因为学生和老师也放了假，整个学校静得出奇。

"这里还有学生上课不？"我问阳阳。

"有，多得很！"阳阳趴在教室窗台前说。

"好多？"我又问。

"反正一下课，都跑到商店买吃的，挤得很！"阳阳说。

"你晓得有几个班？"

"有大娃儿，有小娃儿的，多。"

我沿着阶梯走了一遭，仅有两个教室有上课的迹象。

"他们中午在学校吃饭不？"我问。

"吃。他们的饭不好吃，有些娃儿到吃饭的时候就把饭盒子端到我们吃的那儿，光喊我们给他们偷菜！"阳阳说。

"他们有牛奶喝了，有些娃儿还不想喝！"阳阳又说。他说的应该是国家给予的午餐补贴。

我们的脚步停在一间全部空了的教室前，屋子里全是灰尘。

"这屋里有没有人住？"我问阳阳。

"有！"

"哪有？"我疑惑不已。

"屋里住的有风，还有老鼠，你看。"阳阳用手指指屋里。

我定睛一看，几只老鼠大摇大摆地从教室后墙爬到了讲台上。后墙窗户的几块玻璃早已缺落，用塑料薄膜蒙了上去，正被一阵风吹得啪啪直响。

屋里住着风和老鼠，隔壁还是教室，教室的隔壁堆放着煤炭和化肥，煤炭的隔壁是给孩子们煮中午饭的厨房。震后重建的项目再次硬化了操场，修补了篮球架和乒乓球台。台阶前停了两辆车，一辆双桥大货车，一辆大众系列的小轿车。

超　生

六十八岁的何连胜大爷忽然查出心脏病，需要马上做心脏搭桥手术，预计医药费十五万元。何大爷一听就昏了过去。等他醒来的时候，已经被人送到了蜀都华夏医院的床上。

"我要回家。我不做手术！"何大爷边说边直起身来，年轻漂亮的护士赶紧让他躺下。

"爹，我们商量好了，手术必须做！"老大说。

"是！钱不成问题。我们兄弟姐妹五个，一家三万元！"女儿说。

何大爷看看老二，不说话。

"爹，二哥的钱我出！"是老四的声音，一个身着花格子衬衫的中年男人。

何大爷用眼睛的余光扫了扫整个病房，住了八个病人。一个三四岁的孩子，两个五十岁左右的中年人，其余五人都是与何大爷年龄相当的老头儿、老太太。

"老头子，该做手术就做，我还指望你出院后侍候我呢！"老太太给何大爷递了个苹果。

"做？你说得倒轻巧！进去容易，出来恐怕就难了！"何大爷轻声对老太太说。

"老大爷，你的体征很好，基本符合手术要求！"医生手拿一沓化验单走近床边说。

"他是担心手术的风险！"老四说。

"风险肯定有，但是现在技术越来越先进。"医生回答说，"你们家属先商量一下，如果没意见，签字后，手术过几天进行！"说完匆匆离开病房。

"做，肯定要做，越快越好，工地还等着我回去呢！"老四跟在医生身后，抽出熊猫牌香烟递给医生。

"我不抽烟，病房也不允许抽烟！"医生摆摆手。

"我活过了甲子，多活一天就是赚的！"何大爷有些犹豫不决。

"爹，现在活过了六十岁，才过去一大半儿，后面还有几十年呢！"老三说。

"对头。你看你们几个儿女多孝顺，身体又允许，咋不做手术呢？"邻床的一位老太太也来劝慰，何大爷依然不做决定。

"爹，钱也交了，做也得做，不做也得做！"老四拿着一张发票和一张手术签字单走进病房。

手术在三天后准时进行，和同病室的一位病友相比，足足提前了七天，他们也是排队等了好久的专家，可专家一直忙不过来。而通过老四的上下沟通，何大爷的手术是由心胸外科专家出身的副院长亲自来做，而且免去了长时间的排队等候。这一点，何大爷还是放心的，上手术台前，他反复看了看医生的胸牌，的确是心胸外科某教授。

手术很成功，术后恢复也好。住院一个月后，何大爷就回到了老家继续休养。

亲戚朋友相继前来看望换了心脏的何大爷。问及感受，何大爷说："从死的角度来看，我算是死了又生；从生的角度看，我算是超生了一个，就像那些没有批准计划生二胎的！"

丧　事

那一夜，泪湿月光。云很冷，天很淡，哀乐低回，唢呐喧闹，烟火闪亮。

忙碌的都在忙碌，他静躺棺木；悲泣的都在悲泣，他双眼干净；说唱的都在说唱，他紧闭嘴唇。

盖棺前，族人、亲友高谈阔论，满堂儿孙最后一别。散去，散去，一盏烛光摇曳秋风。

三点，破土；四点，鼓乐再响；五点，所有帮忙的人到位，厨房准备凉菜蒸锅，"打井"的师傅动锄，"八仙行"的准备竹绳；六点，出殡，引魂牌在前，长子端着牌位随后，黑木棺材缓缓驶出堂屋，高高黄黄的纸房子过后，孝子孝孙紧跟出列，花圈、帐布、纸伞沿路而行；七点，入土。

锣鼓、唢呐声，鞭炮声，哭声，此起彼伏。掩土，垒坟，点燃各类纸货。

火光，青烟，慢慢升上半空。

玉龙散记

雨一直在下

雨一直在下，怎么也填不满空落落的心。院子那棵桂花树，一夜就长到了三层楼的上面。

冷气说来就来，从手臂直蹿大腿以下。被单开始轻飘，似乎在后半夜某个时候就逸出窗外。蝉有些咽痛，声音沙哑后竟一夜失声。

村里的门久闭，倒是便宜了蜘蛛和蚊子。异乡的乡音时起时伏，似乎要掩盖故乡的笑声和哭声。

月亮无处不在，如果没有月光遇见，只是让岁月暂时模糊了双眼。

雨一直在下，村里的堰塘快装不下了。父亲在电话里说，老家的堰塘也快漫过堤坝了。

坐

玉龙的雨，连续下了三天，昨夜一直未停。

办公室漏水，院子里的桂花树被雨浇得东倒西歪，围墙外的房屋被浓雾笼罩得若影若现。

冷风从单薄的裤口灌入大腿，我感到后背发凉，坐不住了，想到村里户下去看看。他们说，这么多年了雨都是这么下的，山高地平的，没灾没事。

踌躇以后，我打开《中国共产党简史》，一下子坐住了。

丰　收

释下担子，放下责任。谷子埋下头，高粱埋下头，等待汗水，等待收割。于是希望铺满院坝，梦想装满仓囤。

丰收的季节，玉龙的阳光暖暖的，足以让人渗出热汗。风轻轻的、凉凉的，在不经意间吹干湿发。农人的笑声脆脆的，从这道坎滚过那道梁。庄稼一地接着一地黄，一田跟着一田熟，一天挨着一天接受镰刀、机器和粗手细指的收割。

丰收之后，梨树只剩下枝叶，猕猴桃空着藤条，苞谷闲着身杆儿，稻田谷茬纵横。恰似年迈的父母送走长大远行的孩子，等待下一个孕育和生机，满足里有些许失落，收获中有些许愁盼。

老　街

秋风吹过来，老街一阵趔趄。

暴雨过后，老街的整扇墙就花了脸。利民旅馆还当街对开着木门，大堂四张方桌上围满了喝盖碗茶的白发老人。卖油勺儿的摊位前，依旧挤了一圈人。钟表修理店、补鞋摊、五金门市部、种子农药点，收纳稀稀落落的赶场人。卖蔬菜的只剩一家，菜品全都摆进了柜台，买菜的指指画画，卖菜的也指指画画，就算完成交易。

周边立起高楼后，老街就又往下缩了半截。街道的青石板坑坑洼洼，始终装不满来来去去的脚印。

从老街东走到老街西，一天就过去了；再从老街西走到老街东，一年又过去了。老太太对老大爷嘀咕，刚刚沿老街走了一转，几十年就过去了。

玉龙的某日下午

此时烈日高扬，彼时暴雨倾泻。

鸟无所适从，不知是迎着太阳行走，还是栖在一片叶子之下。

雷在轰鸣，闪电刺眼。水从山里滚出，翻过田坎，越过公路，汇集塘堰江河，暂住城市洼地。

鸟想去三晋大地，衔走几滴水，以解洪水之殇。

云说，玉龙的天空已现彩虹，太原不再哭泣。

阵　雨

午后，电闪雷鸣，如长剑刺破黑夜，又似掀翻了天河的盖子。

雨，从半空倾泻而下，瞬间浇湿了残梦，淹没了秋的温度。砸在雨棚，顺着高墙淌，从树颠滚下树根。街面积水成滩，车轮就要悬浮，河面一下子变宽一大截。各色的伞移着碎步，有奔跑的身子用一只手遮住头。有人一头钻进不知名的门店，水就从半截裤管流进白色的运动鞋。一只走失的哈巴狗躲在桂花树下，不停地抖落身上的桂花。

约莫半小时，雨声轻下来，风渐渐少了力气，空气开始亮起来，对面山上升起了几缕薄雾。有人相继从店里撑伞出来，有人深一脚浅一脚地走过街面，有人顺着街沿推着电瓶车。树还在滴水，街面凹下的地砖还泡在水里，街上的车和人又多出不少，绕城的河水全变作了黄色。

"雨一出来，太阳就躲起来了！"

一个小女孩抬头对年轻的母亲说着话。

"雨是一阵一阵的，太阳天天都在那里。"母亲疲惫而随意地答话。

泥　土

脚上沾有多少泥土，你与群众的感情就有多深。

连续两天走访群众15户，听到的好话比诉求多，看到的笑声比愁苦多。

最近几年，变化很大感党恩；未来发展，可望可期盼振兴。

乡下的草

我在走草，草抱紧了我的双腿。

我说，草，你怎么了？几个月不见，就黄衰了身子。草说，你咋回事？几日不见，就白了两鬓。

我说，草，走吧走吧，等风雪过后，你就可以换上绿衣裳。草说，走吧走吧，过了坡坡坎坎，你就可以踏上大道。

立 冬

他们说立冬了，我翻了翻日历，正好是2021年11月7日，农历十月初三。网上说"今天12时59分，我们迎来立冬节气"，冬天真的来了。

昨夜的风刮了一夜，似乎是立冬的见面礼。有报道说，昨夜的风吹断了城区街道10棵大树，忙坏了园林绿化的工人师傅和大货车。微信朋友圈说，蜀北第一镇——朝天区曾家镇下雪了，曾家山正以"小养胜地，大道朝天"的崭新姿态，候迎八方来客。

浓雾从早上一直弥漫着，直到午后才给阳光让出小道。窗外人头攒动，生命在跃动中闪耀。从窗棂挤进的几点温暖，泡软杯底的嫩芽，停在泛黄的书页上，在樟木茶几徘徊几下后又没了身影。

今日立冬，忽然想起林中的叶子，有几片正在落下，有几片将在春天萌芽。

天 气

梁大姐一推开门就对丈夫说："快，把苞谷用车拉到聚居点的广场坝子里，我来联系贩子，下午五点直接到那里去收。""贩子不是说还要晒一个太阳才要？"丈夫一边起床一边疑惑。当他走出卧室的时候，看了看屋前升起的大雾，似乎明白了什么，赶紧把一袋一袋的苞谷往他的农用三轮车上装。

梁大姐一家是外地人，三年前来玉龙村上承租了200多亩的土地种李子。由于新栽的李子树要三年才挂果，她们就套种了玉米、黄豆、南瓜和其他蔬菜，想挽回一些损失。到收获的季节，却碰上了连续一个月的阴雨，苞谷一直没有达到贩子收购的标准。

大雾必出太阳。梁大姐心里确信，早晨浓雾弥漫，不到正午太阳就会出来。有些冰霜早上还在得意扬扬，正午一过就会逃得不见踪影。下午五点左右，磨盘石广场整整齐齐地摆放着装满苞谷的大大小小的蛇皮口袋。收粮的贩子脱掉毛茸茸的外套，正和梁大姐的丈夫往一辆大货车上搬口袋，梁大姐用小学生写字的作业本一笔一笔地记账。

"今天天气不错，要是太阳再猛一点儿就更好了。"贩子边过秤边用牙齿咬咬苞谷粒嘀咕着。"太阳再猛可以，那你这个价也要涨一点才行呢。"梁大姐把手插在口袋里回应。

"有这天气就很不错了，阴了这么久终于晴了，还是要感谢老天爷呢……"他们都说。

这就是川北山村的天气，让人生出偌大遐想的空间，也让梁大姐一家长出无限希望。

这个冬至

这是一个好天。

早上有浓雾，不到正午太阳就现身，整个下午空气暖烘烘的。

今天我遇见两个人，都是老友。上午是老杜，说是来暗访督察的。就算是老友，也是到了镇上才通知我的，他还是那么认真办事。我笑笑，心里高兴。他说，还是认真做事、认真做人好。

下午是文兄。其实他比我小一两岁，喊他兄，一是因为他混得比我好，比我好的我都称兄，表示对其尊重；二是喊他文兄容易使人浮想联翩，喊文弟就没有这种效果。因此，我们达成协议，就叫他文兄。

文兄是我在公安战线多年的朋友，刚认识他的时候，他二十多岁，却是我家乡的派出所所长了。高高的个子，白净的脸，说话总带着笑，不说话也似乎在笑。所里的警察说，别看所长在笑，总是让违法犯罪人员见到他就哭。文兄对我总是有求必应，总是在逢年过节亲自驾车送我回家。至今最为歉疚的是，某年大年三十，他先送我回老家，不料返回他的老家时碰上大雨，车陷泥泞，直到晚上七点才到家，错过了团圆饭。文兄后来当上县公安局的副局长，因为我自己买了车，就不再麻烦他了，再加上我离开了公安队伍，就联系日稀，一晃将近十年未曾谋面。今日，他代表县上来镇上检查安全工作，抽空看望驻村的我。他说，一定要陪我吃顿饭，过冬至。我说，应该回家与家人过节才好。他说，本来是说好的要和家人一起过的，在村上与我们过节更有意义。街上停气了，食堂只有稀饭和面条，我们便相约去吃柴火鸡。他说，今天吃这个好，热烘烘的。我说，吃这个定会温暖整个冬天！

村里的芝麻绿豆事

今日走访脱贫户××芬，她正在午后的阳光下翻地。

她50多岁，几年前丈夫走了，把家留给了她。媳妇前几年与儿子离了婚，丢下孙子给她。她独自一人操持一个家，收了500多公斤谷子、250多公斤油菜籽，养了两头猪，农闲时在家附近打短工，一年挣了1万多元，儿子在外打工能挣六七万元，供读职高的孙子不费多大力气。她总是在笑，感谢党的扶贫政策，让她们一家脱了贫，生活一天比一天好。她也有烦心事，就是儿子离婚后一直没有找个女人；她也有担心事，就是孙子读的是职高，爱耍手机，以后能不能上大学还是个问题。

这些在别人看起来都是芝麻绿豆的小事，对她来说就是大事。

玉龙雪思

它说来就来，天气预报还挺准的。

等我踏上路途，它早已等候成白茫茫一片。

村上的雪，还有些羞羞答答的；村上的狗，却已经肆无忌惮了。

顺着一条路，可以绕过全村的炊烟。

那些红扑扑的脸，和心脏一样的颜色；那些含在嘴里的诺言，被雪融化在冰凉里。

我的脚在白色的土地上耕耘。土地说，只要生了根，定会发芽，开花。

感谢这些生灵，包括行走的人和一只鸡、两头猪、三株草、四棵树……生灵们说，最感谢命运，以及命运中的灵魂。

遇见一块石头，是在哈出一口气之下的显现。石头蹲在我的前面说，要不是遇见雪，就不会遇见你；要不是遇见你，就不会遇见迁徙。我握住石头的脸，仿佛握住了四十余年前母亲的希望。

一棵梨树，一棵李树，一棵猕猴桃树，一棵藤椒树，都光着身子；一地白萝卜，一地红萝卜，一地大头菜，都披着青绿色的上衣；一垄垄油菜，一垄垄小麦，都泛着油和光。雪说，它们是生命的过往和延续。

炊烟在升腾，烟里裹满腊肉的香味，散发着奋斗的汗味。红旗在飘扬，红中渗透出赤胆和忠心，彰显出引领和核心的伟力。

就是玉龙这场雪，浇灭了浮躁和妄想，浇醒了痴梦和醉语。雪说，地总是一点一点白的，也会一点一点地把绿还给大地。在雪里行走，总要一步一个脚印，总是走一步湿一步的。

玉龙的雪，有些轻言细语，有些蹑手蹑脚，却让你感觉到千钧之力，橐橐有声。我仿佛看见身挂长剑的越王勾践在高声吟唱："有志者，事竟成，破釜沉舟，百二秦关终属楚；苦心人，天不负，卧薪尝胆，三千越甲可吞吴。"

住院杂记

7月5日至14日，因胆囊生病，在市中医医院住院治疗10天。

——题记

一

住院就好好住院，不要总想着工作，好像单位离了你就不行，好像没有你工作就推进不了一样。

工作就好好工作，不要心不在焉，一副恹恹病态。

二

准备了3天，做了血常规、尿常规、心电图、B超、CT等术前检查，今日就要做手术。昨夜醒了3次，上厕所3次，做梦3次，梦里多见已故之人，匆匆忙忙，笑比哭多。

三

昨夜雨急而长，一夜没停，早上雨又增大。病友说，好久都没下雨了，就像生个娃儿，孕育了好几个月才落地。隔床老人说，这是入伏以来的第一场雨，等着吧，越下越热呢。

四

手术做完，医生也惊叹，胆囊里充满了石头，又大又硬。老婆给刚从胆囊里取出来的石头照了照片，她数了数，不止65颗。从麻醉中醒来，我很想给我的胆写篇墓志铭，感谢它几十年的担当作为，感谢它十几年带病工作，感谢它鞠躬尽瘁，死而后已，可是无法埋葬，无处埋葬，世间没有它的墓地，没有它的墓碑。

五

多梦，多梦见已经故去的人。多是工作上的人，比如某某，他笑着在局长楼下徘徊，我蹲在墙角，怕他看见我，也怕我看见他。比如某某，他推着加重28圈自行车，说要与我一同去水上看柳。好像没有梦到母亲，大约她在那边挺忙的吧。

六

做完手术当夜，女儿打来电话，我没有告诉她住院的事。第二晚她又打来电话，说我昨晚说话怪怪的，好像有啥事。老婆说，还是女儿感觉得准。

七

雨停了，天晴了，可以看见远处的山和树。雾在升腾，依稀可见山上农家三口仿佛走在半空。最前面的是个十岁左右的小子，戴着遮阳帽，赤脚，穿着短裤；中间是他母亲，头戴雨帽，身背沉甸甸的背篓；最后边是他父亲，头戴斗笠，身披蓑衣，手把锄头。

八

23床明天出院，22床后天出院。大家刚刚开始熟悉，又要各奔东西。有来有去，有去有来，医院不是久留之地。

九

医院里病人的时间观念：白天等天黑，夜晚等天亮。睡了想起来，起来想睡着。

十

就是这个帘子，把阳光挡在窗外。窗外阳光明媚，窗内冷气森森。

有时候，现实就是一个帘子，拉开帘子，又是一番天地。

十一

"睡到床上去哈，老人家！"早上7点刚过，护士向一位走入过道的七十多岁的老人说。

"睡到床上去，老太爷！"见老人还在向护士站走去，护士又说。

"我是在往床上走呢！"老人停下脚步。

"走反了，你的床位在那头！"护士指指老人身后的方向说。

"我以为是要我睡到护士站的床上去。"老人一脸茫然。

"睡到你自己的床上去，我要给你测血压！"护士也一脸茫然。

十二

早上不到7点，22床的陪护老肖就唱起歌来："解放区的天是明朗的天，解放区的人民好喜欢。"

我说："老肖，你们今天出院了，算是'解放'了。"

老肖笑笑："你还要在医院待几天呢。"

我说："是呢，还要跟我的'敌人'（病魔）继续战斗几天，直到把它们完全消灭，我也就彻底'解放'了。"

十三

病，不分年龄，不分地域，不分男女，都有来由，都有去处。饮食，劳累，心境，都有关联，时时处处。

生病之后，容易看清一些事情，看透一些事情，看惯一些事情。

大病痊愈，对生命另有看法，对生活另有想法。生命要多长才好，生活多有味才好，各人各异，各取各趣。

十四

茫人海中，我是哪一个？修行。

灿灿花朵中，我是哪一朵？静美。

茫茫林海中，我是哪一棵？向上。

十五

贾平凹说，云是地的呼吸所形成的，人是从地缝里冒出的气；鸟是江河里的鱼穿了羽毛，鱼是天空脱了羽毛的鸟，它们是天地间最自在的。

我想我就是从琳琅山下的地里冒出的一股气，最后还得遁回那里。一生太短，其实干不了几件事。至今选择干什么事情，近五十岁而不得明朗，更不敢"待星可披"，将星光照耀，将月光照耀。

十六

明日即可出院。严医生查房时特意嘱咐出院后的注意事项，说一定要注意休息，千万不能喝酒。因为明天他要轮休，他让我记下他的电话，说有什么事情随时联系，随时提供咨询服务。

十七

下午一点多，我的主治医生黄医生急匆匆地来到我的床前。

"怎么样？"他问。我说还可以，没有啥不适，只是肚子有点胀，伤口还有点儿疼。

"好，那是正常反应，可以多下床走走！"他边摸我的伤口边说。

"你吃午饭没？"我顺口问。

"没有。早饭都没吃，有一台手术一直忙到现在。"他轻声说。

十八

"美女，18床没有液体了！"一中年汉子快步走到护士站说。

"好的，晓得了，马上就来！"护士小赵抬起头笑笑。

"美女，那我先去把输液器关了，免得进空气了哈！"男子转身向病房跑。

"请叫我护士，我们是你们的服务员！"小赵跟在男子身后再笑笑。

十九

饭后在病区走廊里散步，忽然记起一句诗："江山代有才人出，各领风骚数百年。"现实中更是各领风骚三五年，或者两三年。

二十

今天的晚饭是家里送来的——岳母煮的番茄丝瓜面，吃起来味道就是不一样。65岁的病友说，家里的饭肯定比医院食堂的好得多。有家的味道，母亲的味道，更是生活的味道。

二十一

我住院当初，因为考虑到同事工作忙，且是个小手术，就没有告诉他们。不想一些领导、同事还是知道了此事，直接到医院或打电话对我表示关心慰问。他说，早日康复；他说，今后可要保重身体；他说，工作之余要学会调节修养；他说，等康复之后再展雄风，独领风骚；他说，听人说"大风"吹倒了你，特代表个人关心一下；他说，晚上听闻你身体不适，苦于加班，没来看望，祝早日康复……

我在心里不停默念，等病好了赶快投入工作，认真向同事学习，努力为乡村的振兴做点实实在在的事情。

寒风中的手术

昨日加完班，车加满油后，忽然打不着火了。赶紧给4S店打电话，40分钟后，店里的师傅开车来了，用电瓶引，未燃。

"马达坏了！"

"不可能，这是新车，不到两年呢！"

"拖回去再说！"师傅不紧不慢地说。

没带绳子，他们只得返回店里去取。

寒风凛冽，我只得钻进车里，随手拿起一本袁枚的《随园诗话》。

大约又过了半小时，我有些急了，又拿起电话问询店里，接电话的女子细声说："等等嘛，施救的师傅已经出发了。"

又过去20多分钟，刚才那两位修车师傅拿来绳子，一切准备工作就绪，我坐到驾驶室，在拖车的牵引下，似一个木偶般只顾掌握方向，一路摇晃，蜗牛般地朝修车店前行。

一段下坡路，我的车眼看就要撞到那拖车的屁股，我赶紧踩刹车，却一点儿用也没有，又猛拉手刹，车一下子停下来，却挣断了拉车的绳子。

师傅停车，接好绳子，继续蜗行。离修车店约300米的弯道处，绳子再次被扯断。

"没法接了，再接就短了，车一走，就要擦到屁股！"师傅正一脸无奈，却看到店里的大货车正好路过，他赶紧招手，那货车停了下来，把我生病的车"背"到了维修车间。

"下面由他们负责，我的任务结束了！"拖车的师傅对我说。我走到自己的车旁，仿佛看见一个生病的孩子，正在等待医生的救治。

"你们看看，到底啥问题嘛！"我在等了大约10分钟后，终于忍不住问一位正在修另一辆车的师傅。

"你打火，我看看！"他不紧不慢地回答我。

我多次打火后，他摆摆手说："马达坏了，要换！"

"你认真看看，我那车还不到两万公里！"我看到他确定的表情，有些急了。

"找他们来报价！"他不看我，只将眼睛看向另一位小师傅，手上还在忙活。

"啥型号？"几分钟后，走来一个抱着一大沓修车单的女孩子。

"zm！"

"680元！换不换？"那女子问我。

"咋不换？我就把车子停在你这儿？"我有些气愤起来，忽然想起病人躺在手术台上等待救命，医生问做手术还是不做的情形。

时间又过去十来分钟，不见有人来拆已经坏掉的马达。我有些生气地对那位肯定我的马达有问题的师傅说："赶紧拆换呀！"他说："你跟××说，没看我们正忙吗？"我就在维修间大喊几声某某的名字，一个身着皮夹克的小伙子一下子蹦到我的身旁，很客气地问我啥事，我很不客气地说明喊他的原因。他边道歉边到材料间取出一个新马达，交给那修车师傅说："赶紧拆了，换上，人家等了好久了。"

两个师傅折腾了将近一个小时，才将已坏的马达拆下来。

"不好拆得很！"那师傅对我笑笑，我的脸仍然绷得很紧。"赶紧装，我还真有事情！"我近乎乞求起来。

半个小时后，我见一位小师傅在车底下旋螺丝刀。"你赶紧去看看，咋回事？"我走到他的师兄前说。

"咋回事？"那师兄大吼一声。

"一颗螺丝眼太小，上不进去！"

"其余两颗呢？"

"上好了，就那一颗始终上不上去！换颗螺丝可以不？"那小师傅看师兄，小声问。

"绝对是型号不对，那要重发一个过来！"

小师傅疑惑地望望他师兄。

"看啥？赶紧拆下来，出了问题你负责？"那师兄声音又大起来。

"一下午的工夫白费了！"另一位小师傅低声抱怨。

"今天拿不到车！"那位小师傅看看窗外已经下山的太阳，又看看我。

"你们要对好型号，不要又白费工夫！要是你们是医院，给病人输上不同型号的血，那问题就大了！"我悻悻地走出修车店，路灯已经渐次明亮，这才发现从打电话求救到现在，已经过去了将近四个小时。

不想换个马达会这般麻烦，不知那些生了重病的车，要经受怎样的折腾？

俩小时

俩小时，或长或短，全在你的感念之内。

我要说的是高速公路上堵车的两个小时，时间是在2011年1月6日12点40分左右，离目的地仅剩40分钟的车程。高速行驶的大巴降下了速度。司机说："哎呀，又堵车了！"然后是两三个人同时问："咋了？"司机说："鬼晓得，准是又出了车祸，这段路三天两头出车祸！""那要堵好久？"有人又问。司机说："那只有交警才晓得，现在交警查个现场少说也得两个小时才可以处理完呢。前几天一个大货车撞到一辆小车，一堵就是4个小时，小车上的6个人当场'报废'了！"

车里的电话铃声突然爆响起来，有的在接，有的在打出，分别将堵车的信息第一时间传递出去。有人说："吃饭就不等了，你们先吃，我到了找个茶楼研究研究再说。"一位女子说："咋办嘛，堵车了，好烦啊！"一个女孩子跟她妈说："不来接了，这么冷，我下车打的直接回来就是了。"

有人开始把手机的音乐声开到最大，依次播放歌曲。车载电视又换了一部香港武打片，是和日本人较劲的功夫片，吸引了不少人的眼球。我抬起身扫视了整个车内——满座，大概40人，其中有两个小孩儿。一位50多岁的老妇人，手里一直攥着一个装着某医院CT报告单的塑料袋，一条紫红色的围巾将头部裹得严严实实，只露出两只无神的眼睛。我的前面坐着一位30多岁的中年男人，旁边放着一副拐杖，眼睛里满是焦急和无奈，他说先前上车的时候去上厕所，差点赶脱了这趟车。

"把车门打开，这里面太闷了，你们又舍不得开空调！"有人突然要下车。

"不要走远了，到时候说走就走！"乘务员提示。

"到前面服务站还要多久？"一位女子柔声问。

"你做啥？"司机问。

"我想让人开车在那里接我！"

"那恐怕不行呢，高速路上不准乘客上下车，逮到要罚款！"

"我不坐你的车还不行吗？哪有这个道理？"

"不是，你走到服务站至少要半个小时，高速路上走路多危险！"

"反正现在堵的，车又没动！"女子还在坚持。

"那你实在要下，把车票给我！"乘务员说。

"我的车票，咋能给你呢？"

"那就不能下，出了事情哪个负责？"

"你先把门打开，我们下去抽根烟！"一个小伙子走到车门旁。

"那好，我把车票给你！"女子走出车门，电话响了。她对那边说："我就在服务站等你，快点过来，冻死我了！"

我随几个人走下车，果然一团冷空气一下子将我紧紧包围。抬眼望向对面的山上，房顶的积雪还未融化，阳光懒洋洋地从山尖树梢间射过来，还是有些许晃眼。我舒展舒展手脚，沿着拼凑在路上的大小汽车走了几米远。沿路车上走下不少人，男人就在路边小解，女人则翻过护栏，爬上山坡的树林里排泄一番。我也走到山坡上的一棵山楂树下，满树的山楂透出红红的脸，使我的饥饿感一下子陡增。想起10年前随同事出差到县区，车走到一片山林时坏了，同事兼司机回城去买零件，把我留在车里，一等就是4个小时。我把车里的报纸杂志从头到尾看完后，肚中有些饿，正巧发现了山坡上一树红红的山楂，赶忙跑去，饱餐一顿。此时我正要动手去摘那山楂的时候，走过来一位小伙子，是我们同车的，就坐在我左侧的位置上。我对他笑笑，他也笑笑，对着山楂树一阵猛烈地浇灌，然后是一股热气从树底一直升腾到树身、树顶，我感觉到那串串山楂被呛得喷嚏连天。

我赶紧离开，饥饿感也顿时烟消云散。翻过护栏，我向车的方向走去，不想头却与一个空牛奶盒不期而遇。车里的一位小女子伸出头来，很尴尬地说："哥，对不起啊，我没看见你正好过来。"我没看她，只看见那是一个蒙牛牌牛奶盒，盒上的那只牛好像也在对我笑。

上车后，我同座的同事还在车外猛烈地吸烟。回到座位上，我突然发现后面坐着两位僧人，一老一少，都披一身绛紫色的长袍。老的戴一顶狐狸毛做的帽子，少的戴一副金丝眼镜，围一条花格子围巾。他们正在讨论佛法，老的教诲少的要有仁爱之心。我听得昏昏欲睡。

同事上车来说："堵了一个多小时，还不见动静。"司机说："快了，前面两辆货车相撞，人已经送到医院了，等拖车过来把货车拖走，就可以放行了！"我一下子来了精神，又下车去，听见3个从外地做事回来的小伙子在寒风中侃侃而谈，一口烟一句话，时而笑，时而气愤，时而破口大骂。

"那次在高速路上堵车5个小时！"一个人说。

"为啥堵？"

"开始以为是车祸，后来才听司机说是有车队要过，啥车队过让我们堵起？"

"是啊，凭啥？"

"更可气的是，车队本来是8点经过，哪知人家变了行程，这边没得到通知，傻等起，最后人家根本没过来，你说怄气不？"

"真没法！"几个人一起叹气说，"现在高速路哪是高速，你看大货车将路就塞满了，哪还跑得快？"

我站在一辆红色的吉利金刚小轿车旁，车里忽然传出《梁祝》的曲子，接着是一只裹着红色毛衣的手，然后是一大堆瓜子壳花生壳从车玻璃上滚落在我脚边的路面。我赶紧挪动脚步。太阳不知什么时候躲到云里，寒气更加逼人。对面山上有树枝猛然断裂的声音，我循着声音的方向，看见一棵落光了叶子的树上爬着一个人，正挥舞大刀砍掉多余的树枝。又一阵肠胃紧缩的疼痛，我不得不再次到车里坐下。路过驾驶台的时候，我看见那里有个塑料篮子，里面放着几十袋豆皮——是先前上车乘务员发的那种，我早已经将一袋豆皮和一瓶矿泉水送到空荡荡的肚皮里。我顿时如获至宝，动了想索要一袋的念头，可又想起刚才那司机说到站后立马返回成都，那几十袋豆皮准是为下一批乘客准备的，就又咽了咽口水，回到座位。刚才讲佛论经的两位也闭上眼睛，似乎进入梦里。

我也开始做梦，梦见回到老家，老父亲灿烂地笑着，为我端上香喷喷的腊猪腿。车子突然颤动起来，我听见车门外有人大叫："通了，通了！"司机说："外面的快点儿上车来，走了走了。"

车门关闭，车子缓缓移动。车里又是一阵接着一阵的电话铃声，空调也开始工作，车里热气升腾，车载电视里高唱着《精忠报国》。

花开月光下

晚上9点40分左右，我正在办公室加班，手机里突然传出《金陵十三钗》主题歌《秦淮景》的曲调。我慢腾腾地拿起电话，不情愿地"喂"了一声，却听见话筒里传来"爸爸"的呼唤声。

是女儿的声音。不是过了睡觉的时间吗？这么晚了她还打电话干啥？我一下子紧张起来。

"你在哪儿？在做啥？"女儿连问我。

"在办公室。"

"那你咋还不回家呢？"她又问。

"我在加班，有事情。"我说，"我还想问问你呢，这么晚了还不睡觉？"

"我在排队等打电话，校讯通这里挤得很，好不容易才轮到我呢！"女儿急促地说。

"有啥事情吗？是不是感冒了？"我着急起来。

"没有啊！我就想给你打个电话问问你。另外，明天晚上下自习的时候顺便来看我嘛，给我买几支笔芯，还有钢笔擦！"女儿一口气说完她想说的话。

我满口应承，又问了问她这两天在学校的表现。

"还有啥事情没？早点睡觉。"我准备挂掉电话。

"没有了。你早点回家，早点休息啊！"女儿在同学的催促下，迅速挂断了电话。

电话那头还响着"嘟嘟嘟"的忙音，我摘下眼镜，揉揉有些疲惫的双眼，忽然想起前日送女儿返校时的情景。就在准备走出家门的时候，先前还高高兴兴的女儿却突然哭了起来。我赶紧问她为啥哭。她说，不想住校了。我有些惊诧，因为她一直最喜欢住校生活的，赶忙问她是不是受人欺负，或是遇到什么委屈的事情了。她只是一个劲儿地摇头。最后，她在擦了几次眼泪后对我说，她想有更多的时间陪陪我，因为妈妈已经出差学习了一周，还要一周才会回来。我强忍住即将夺眶而出的泪水，握住女儿的手说，爸爸可以自己照顾自己了，要她全身心地投入学习。好半天，女儿擦干眼泪，又笑着和我一起到了学校。再过3个月，女儿才满12岁。刚刚进入初中，繁重的学习任务没有压垮她，虽然第一次月考成绩不是很理想，但我认为她已经尽力了——至少她很开朗，也懂得了努力。最可贵的是，短短的时间，我发现她长大了好多，不仅学会了照顾自己，也多少懂得了关心别人，这比什么都重要。

台式电脑的屏幕不知啥时进到屏保状态下的黑屏，我敲了敲鼠标，屏幕上又显示出还未写完的材料。

我喝了口茶，发现茶水早已冰凉。起身续满茶杯，一股暖流从杯壁渗入手掌，直入心扉。

看看窗外，冷冷的秋风里，月光开成朵朵银色的花。

卡　壳

一

4月23日，是申二与韩芳结婚十周年纪念日。

"咋过？"韩芳眨巴着大眼睛问申二。

"请几个朋友聚聚，庆祝庆祝！"申二含着漱口水随意地回话。

"不，哪个也不请，就我们三个在一起！"韩芳拍打着刚刚敷上晚霜的脸，严肃而认真。

"好，明天我去办！"申二的睡前准备工作很简单，总是最先到床上。

二

"今晚有安排不？"是申二的同学沈勇打来的电话。

"有呢！"申二站起身来，伸伸懒腰。

"啥安排？"

"我……"申二有些说不出口。

"没啥重要安排我就安排你，6点在南河……"

"没办法呢，今晚真的有个重要安排，是单位的事情……"申二赶紧找托词，不然肯定推不掉。

坐下来，申二开始忙一个信息上报材料，有关部门催得急，领导很重视。

"申哥，今天是周末，咱哥们儿几个聚聚，地点在东坝耗儿鱼……"

心直口快的文友易华在电话里噼里啪啦地说个不停。

"我恐怕不行，今晚有事情！"

"啥事情？我几次叫你，你都不到场，该好好反省反省了！"易华似乎有些不高兴。

"不是……"申二申辩。

"算了，你有'腐败饭'，吃完饭再联系！"易华说完挂了电话。

"今晚是我们结婚纪念日！饭后也没时间呢！"申二不得不把电话打过去将实情相告。

"啊？不好意思，你们去浪漫也对，就不打扰你了！"

现实生活就是这样，有时候，申二接连十天半个月也没有机会在外"潇洒"，不得不一碗方便面凑合一顿；一有邀约，就接连几个，把他搞得无所适从。

三

"下班了没？"韩芳在电话里催促申二。

"还早！"申二看看电脑右下角的时间显示：16点38分。

"早点儿去接孩子，再来接我！"

"好。我忙完手头的事情就去！"

"忙，一年到头就你忙？"

"不是，有件急事需要办一下！"申二有些急了，"晚上吃啥？"

"看你咋安排了！"

"德克士！孩子也最爱吃！"

"随便，等会儿再看嘛，主要是看孩子！"韩芳挂断电话。

四

时针已经指向17点39分，申二手上的事情终于忙完了。

"糟了，孩子是17点10分放学！"申二赶紧关掉电脑。

"她早已离开学校，干脆就到她婆婆家接。"申二咕哝着走出办公室。

"孩子接了吗？"韩芳的声音。

"没有呢，我刚才忘了看时间！"

"你每次都这样！"

"我现在去她婆婆家接！"

"你跟她婆婆说没，让她别在那里吃饭！"

"我，我马上打电话！"

"你，做事情总是丢三落四！"韩芳有些生气。

刚走几步，申二的电话又响起来了。

"你现在在哪儿？"

"还在办公室楼下！"

"那你在那儿等等我，我马上下车了，等会儿再去接孩子！"

<h2 style="text-align:center">五</h2>

接上老婆，申二忽然记起钱包里没有钱，就将车直接开到一储蓄所的门口。

"搞啥？停车？"

"我要取点儿钱，等会儿……"

"那是，反正今晚由你全权负责！"韩芳笑笑。

走到自动取款机面前，插卡，语音提示：请输入取款金额。申二想，等会儿要请老婆孩子吃一顿，再给她们买点礼物，大概得六七百元，于是查银行卡余额，上面显示：853.36元。他迅速进入取款程序，输入取款金额：800元。等了几秒钟，显示屏上让他尽快取走钞票，不见取款机吐出票子来，卡却退了出来。显示屏又让他尽快取走卡片，他急了，按了按"确定"键，卡却一下进入取款机里，再也不出来。几秒钟后，取款机吐出一张纸片，他扯出纸片一看，上面写着："交易类型：吞卡。"

申二红着脸悻悻地走出取款室，一对小青年手挽着手与他撞了个满怀，男的狠狠地瞪了他一眼。

"取了吗？"

"没有，卡被吞了！"

"你是密码输错了，还是里面根本就没钱？"韩芳满脸疑惑。

"不是。我也不晓得咋弄的！"

"那咋办？赶紧给银行打电话嘛！"韩芳也急红了脸。

申二按照纸片上留的"95599"号码打过去，连打几次都是电脑值班，无法问询，于是又向银行工作的朋友咨询。

"只要机子真的没吐钱出来，你上班的时候带上本人身份证到该储蓄所，找工作人员重新领回卡就是了！"朋友的话让韩芳愁云舒展。

"你也是，一整天都没有取钱的时间？"

"我这里只有100多元，吃啥呢？"申二把脸朝向韩芳。

"先把孩子接了再说！"

六

"妈妈，你们终于来了！"女儿站在马路边，背着粉红色的书包，一手提着装饭盒的口袋，一手攥着外套，一缕夕阳的光芒正好射到她汗涔涔的脸上。

"到哪儿？"

"你爸爸请我们吃饭！你想吃啥？"韩芳问。

"我要吃德克士！"

"不，我们去吃'山珍宝'，那汤很有营养，你上学累了给你补补。"韩芳说话时，眼睛一直盯着申二。

"好嘛！"女儿答应。

"哪个请客？"

"你妈妈！"申二浅浅一笑，韩芳不语。

"啥好事情？"

"你妈妈没告诉你？"

"没有。啥事，妈妈？"

"让你爸爸说。"

"等会儿吃饭的时候再告诉你！"

七

砂锅开始沸腾起来，服务员走过来，小心翼翼地给三个人分盛一碗菌汤。

"里面的鸡肉是提前炖好的，可以吃了，这菌子煮进去吗？"服务员细声细气地问。

"煮，我肚子早饿了！"女儿也轻声说，"爸爸，现在告诉我，今晚咋在外面吃饭？"

"今天是我和你妈妈结婚十周年纪念日！"

"那你要请客！"女儿指指申二，声音大起来。

"先吃，吃好再说付钱的事！"申二看看韩芳，把一杯茶一饮而尽。

"你爸爸请客，我付钱！"韩芳喝一口汤轻声对女儿说，"小点儿声，你看这里的服务员都小声说话，客人也是！"

女儿看看申二，从锅里夹了块鸡肉放到他的空碗里，又把一筷子鸡腿菇送到韩芳的碗里。

"来，还是祝福一下，十年了！"韩芳端起茶杯与女儿的杯子碰了碰，申二赶紧也凑过去，三个杯子一起发出脆生生的响声。

山珍宝的音乐低沉而舒缓，仿佛一奏就是十年。

秋天，我在校园里行走

这个秋天的上午，我行走在女儿学校的校园里。

校园安静得很，教室也静得只剩下层层叠叠的书本和课桌。

这是一个国庆和中秋连在一起的长假，本来有8天的假期，而处于高三的女儿说她要在第四天的下午2点以前返校。怕堵车耽误，我们早上6点就离家出发，赶到学校的时候还不到10点，发现真的到早了。

安顿好床铺和生活用品，离吃午饭还有一段时间，我对女儿说想在她的校园里走走，不想她满口答应。女儿说，她的校园不大，但藏得下足够多的美丽，只是平时太忙，忘记了认真地观看和欣赏。进入高三以来，面对来自各方面的压力，女儿最近有些失眠了。我本想借这机会开导一下她，不想她的内心还没被石头压着，还可以装下一些青春少女应有的快乐。

顺着新修的樱花大道，我们一路前行。繁华过后的棵棵樱树，一些叶子开始泛黄，几片叶子躺到地上。我说，要是再种一些，快赶上武汉大学的樱花了。女儿在一棵高挑的樱树前停住脚步，捡起一片绯红的叶子边转动边说，要是赶在花开的季节来，你也会觉得天下的春都住在了这里。

偌大的操场上，有五六个跃动的背心；宿舍楼道口，有两三条只盯手机不看道的裙子。女儿指着正在维修的操场一端说，你看这操场，从我进入高一就在修，还是不够用，恐怕要修到高三毕业了。我说，校园是要一直维修，硬件设施需要维修更新，软件实力更需要维修提升；作为学生，你们也在不断修炼，从小学修到中学，再从高中修到大学。

阳光热烈地照耀，我的后脑勺有些发烫，前额渗出细汗。几株三角梅正在吐艳，几种不知名的花儿也开得正艳。那些李树、桃树、橘树、樟树、柚子、石榴、山楂，那些竹子、芙蓉、紫荆、万年青，还有那些草和灌木，全都在旺旺地生长，不知疲倦地开花，不厌其烦地结果。

从校园山顶返回正校门，忽有嘈杂声传来，越近声音越大。原来是更多的同学陆续返校，于是整个校园蓦然从睡梦中醒来，又开启新的快节奏。

鏖战200天，走过这秋，走过那冬，走过明春，待到成熟的夏季，女儿她们便可释下重负，迎来新的秋天。

来年的秋天，我依然想和女儿一起行走在校园。虽然彼校园非此校园，但我相信，新的校园会更大，会装下更多的美丽和自由的空气。

择校记

女儿就要小学毕业了，为选择在哪儿上初中，可让申二和老婆担惊受怕了一些时日。

——题记

3月的某一天，老婆突然打来电话质问申二还管不管女儿上学的问题，申二一头雾水。老婆说，赶紧到某某宾馆，外市某学校正在招生，报名就要截止了。申二赶紧赶到那宾馆，一打听，招生的就住在一楼的五号房间。保安说，人家都来了半个月了，前几天报名的家长把大厅都挤爆了。

看来申二是有些不关心女儿的上学问题了。其实也不是真的不关心，自从今年春节一过，申二就多方打听，四处咨询。女儿在哪儿读初中，申二与老婆意见不一。她执意要送女儿到邻近某市的几所私立学校去。申二说那要考得起啊，她说就算考不起，只要人家收费不是很高，也要想办法让女儿去读。申二说为何舍近求远，女儿还那么小。老婆说人家办学模式好，师资力量强，校园环境好，最主要的是人家升学率高。申二说那倒也是，现在的孩子智力发育基本没多大差别，升学，升好学，跟就读的学校和学校的老师关系很大。尤其是高中阶段，身边的许多同事、朋友的孩子都是送到外市，最后考上北京大学、清华大学之类的一流大学。对于这点，申二内心羡慕至极。去年5月，申二一家三口便驱车至某市，"试水"该市某学校四年制初中考试，结果未能录取。今年要不要参加那里的考试，申二游移不定，但老婆的态度坚决。申二私下征求女儿的意见，她说，内心其实不想到外地那么远的学校，但还是想去参加考试，试试自己的实力。申二说那要是今年考上了那里的学校，要不要去读？女儿肯定地说，不去。申二追问为啥，她说不知道，就是不想去外地。

申二一路小跑至105房间，只见房门紧闭。敲门时隔一两分钟后，门开了，一位身着睡衣的女子径自朝室内厕所方向走，边走边说，你先坐，先坐。申二不敢坐到她的床上，尽管房间的唯一一张桌子和一个凳子上堆满了各种表册和各样花花绿绿的宣传资料。申二怔怔地立在桌子旁，看见一沓撕过一半留下存根的测评证。过了三五分钟，那女子从厕所走出来，换了一身深色的裙装。申二问，报名是在这里吧？她微微一笑说，是这里，但现在不能报了。申二急了，不是还有两天报名才截止吗？申二扬了扬手里一张从大厅保安那里弄来的招生宣传单。她说，不是报名时间截止了，是报名用的测评通知单没有了，正在从学校往这边送，估计要到晚上才能送来，明天后天才可以报名。申二舒了口气说，那先交报名费和孩子的照片，等表过来了你先填好，明天一早过来拿就是了。她说那样更麻烦，不如明天过来一起搞定。

申二失望地走出房间，刚刚路过大厅的时候，老婆的电话来了，申二说没有报上名，她在电话里一下子急了，开始责怪他，最后生气地把他骂了一顿。待申二解释完毕，她又下了命令：明天的全部任务就是给孩子报上名。第二天是星期六，正好不上班，在老婆的"押送"下，申二顺利地为孩子领到了一个学校的测评证。他长时间将那测评证拿在手上，舍不得揣进兜里，仔细地反复阅读，求证考试时间和科目。证上写着某某测评室，考试时间4月某日下午；右上角贴着一张女儿那晚花了50元照的快照，照片上的她笑得十分灿烂。

老婆说，去一趟某市不容易，再给女儿报一个学校，让她试试，增加录取概率。于是她又电话联系了几个朋友，那头说另外几个学校的报名点已经撤离，要报只能用EMS将资料寄给某学校某老师，再把报名费交了，他收到后填好报名的信息，考试前两个小时再与他联系领考试证。一个朋友还将报名的具体事项用短信发给老婆，老婆再转发到申二的手机上说，赶紧去办妥了，不要错过一切时机。

4月初，因为一位亲戚嫁女，申二趁清明假期回到老家。早上，申二正行走在乡间的水泥路上，看盛开的梨花和茂盛的麦苗。老婆将电话打给亲戚找申二，说利缘某学校开始考试报名，申二的一高中同学多次给他打电话未打通。申二拿出自己的手机，发现没电关机了。那位同学告诉申二老婆说，刚才路过那所学校门口，报名的家长排起了长队，让赶快去，人家学校人数一满就停止报名了。申二急得挂了电话就再次询问另一位同学那学校的报名时间和进展情况。那同学说，昨天火爆得很，估计今天更盛。申二说按照招生指南上的时间好像是五六天，他说如果报名人数满了，就会提早停止报名，最好是今明两天来校报了保险。吃过早饭，申二赶紧准备照片，在网上下载报名表，复印相关资料和证书，赶在第二日早上9点左右，终于换回了女儿的第二份小升初测评证。女儿手捧测评证说，我还以为没报上名呢，差点儿吓死了。

利缘的学校定在4月某日考试，但考试的当日申二的单位有事，好说歹说不让请假，陪女儿考试的计划泡了汤。女儿倒是无所谓，老婆生气地说，总是工作重要，女儿的事情一点儿也不关心。申二无语。一大早，老婆驱车前往郊区的学校，陪女儿考试，申二打的赶到单位。晚上见到女儿，申二问她考得如何。她一边用老婆的手机打游戏一边漫不经心地回答，没问题，题还没有平时训练的难呢。老婆一本正经地说，认为简单的，肯定考得不怎么样。女儿问申二，你知道那学校招多少人不？申二故意说不知道。她说，难道连几百人都进不了吗？申二说，这是在全市范围内的考试，难度肯定很大。

4月下旬的一天下午，有位同事突然打来电话，问申二接到学校录取报名缴费的通知没有，申二说没有。他说学校下午2点开始通知录取学生的家长，他在4点接到了通知。申二一边祝贺一边冒汗，赶紧打电话咨询学校的老师，被告知说，下午开始通知，还有一个小时时间，再等等。申二说，急死人啊，赶紧想办法查查，是不是没考上。半小时后，那位老师说，具体情况查不了，但是电话通知已经结束，未接到通知的就肯定没被录取了。申二一时蒙了，似乎又回到自己近20年前未接到大学录取通知书的情形。老婆又再询问情况，申二说，没戏了！老婆瞬间挂断电话，当晚开始失眠。

女儿晚上回来，问申二接到学校的通知没有，她们班上有几个同学已经接到了通知。申二借故走开，她又问老婆。老婆说，你觉得接到通知没有？女儿自信地说，肯定会接到。老婆随口说，你爸爸也接到了，你问你爸爸。申二说，是接到了。女儿高兴得蹦了起来，嘱咐申二明天去报名，明天一过没报名就读不成了，还让申二不要忘了带上测评证。

接连几天，老婆坐卧不安。女儿说，妈妈，你这几天咋了？考上了也不高兴？老婆说，咋不高兴，高兴。申二说，你妈妈是不高兴其他的事情。女儿说，不管其他的事情，你说过等我考上了请我吃牛排的。申二说，去，明天就去！

　　外地某市某校的考试临近，考试前一日下午，申二只得请假半天，同另一位朋友赶往某市住下。考试当日上午9点前打的赶到考试地点。下午才考试，但校园已经陆陆续续来了不少学生和家长。申二领着女儿找到考室，又绕校园内外参观，浏览宣传该校的获奖、升学、师资力量的专栏。到10点的时候，校园挤满了人，嘈杂的声音盖住了学校的高音喇叭。申二不时见到几个从本市赶来的朋友，碰到好多张熟悉的大小面孔，都和申二一样的表情，一半兴奋，一半焦虑。

　　太阳开始猛烈起来，女儿有些累了。离考试还有几个小时，同行的朋友说赶紧去找一个茶楼休息。不料走进附近唯一一家茶楼，里面早已经拥进了上百号的人。女老板还是很热情地接待了他们，在弄清楚人数之后，在茶楼原先摆好的沙发的拐角处临时搭了一张方桌，放了6个塑料凳子，让申二他们坐。老婆说，就坐这里？老板说，没有位置了，要坐就赶紧点茶，20元一杯。申二一看还在不断拥入的人，赶紧坐下。很快，又过来一个中年妇女，用一次性杯子端6杯茶，放到桌面上说，先付钱，6杯120元。申二说，咋用这种纸杯子泡茶？她说，杯子早用完了，只有这种！申二说，只要4杯，孩子不喝茶。她说，按人头收费，4杯茶只有4个凳子，说着就要去搬老婆身旁的凳子。申二说，放下，6杯，给钱。那女人收到钱后很快离开。茶楼里挤满了人，老板把有限的空间全用上了，幸好不缺塑料凳子，于是过道只留下过一个人的空间，连厕所的门口也摆上了几个小桌子和塑料凳子。

　　孩子们的脸上都未露出高兴的神色，一个在翻看厚厚的题库，一个在看漫画，几个在玩手机游戏，还有几个在玩扑克。家长们的脸上都显出焦虑和无奈，几个趴在沙发或桌子上小憩；几个在不断地喝茶，不断喊老板加水；几个说，折腾死人啊，大老远地跑来；几个说，不晓得考不考得起；几个说，就是想来试试，考起了读起来也难啊，学费高，一周跑过来跑回去，时间、精力、费用都花销不起。听他们的语音语调，可能来自至少七八个不同的市。女儿闲着无事，也玩起手机上的"愤怒的小鸟"游戏，难得见她考前的欢笑。

室内空气开始沉闷起来，申二看见一些人在不停地抽烟。走出室外，只见学校门前的马路上堆满了人的脑袋和脚。各种小车将本不宽敞的马路挤得更窄，交警在指挥车辆，但还是发生了车辆堵塞事件。一辆帕萨特和奥迪擦肩而过之后，争了起来，吵了一阵，朝着动手方向发展，车里几个考试的孩子哭了起来。交警赶过来，一开始，双方互不相让，半小时后握手言和。顺着马路摆上了各种摊点，卖各种小吃，方便面、烧烤、卤肉锅盔、凉面等，价格比平时贵了一些。卖卤肉的老板说，赚啥钱啊，她的临时摊点一小时就得交费50多元。临到中午，女儿吵着要吃方便面。申二他们准备就在那些小吃摊点随便吃点儿，老婆提醒说，只能轮流出去吃，这个桌子不能离人，要不前脚一走，后边就会有人来坐，下午几个小时就更难熬了。申二和女儿出去买了方便面和锅盔，几个人在茶楼里的小桌子旁囫囵吃下。

　　1点40分的时候，老婆和朋友两个仍旧占着座位，申二送女儿和朋友的孩子走进考场，找到座位坐下。女儿说，赶快出去，老师来了。申二见两位老师抱着试卷袋走进教室，开始逐一核对考生身份，准备考试。回到茶楼，老婆已经在座位上睡着了，申二继续喝茶，玩手机，上厕所。实在难耐不住，朋友建议买来扑克，申二他们四个玩起了"升级"，一直到考试结束前的15分钟。老婆说，得去接他们回来。申二说，马上下雨了，你去接是对的，得有人待在这里，免得等会儿出来雨下起了走不了，还可以继续在这儿躲雨。

　　女儿和朋友的儿子是从雨中跑到茶楼来的。申二问，考得如何？女儿说语文简单，数学超难！老婆说，那又没多大希望了。女儿瞪了她一眼，不停地喝水说，太渴了！还对申二说，晚上10点就要通知家长考没考起。申二说，我宁愿一夜不睡地等。回到宾馆，找了一家像样的火锅店，一家人饱餐了一顿。也许是太累了，等到晚上9点，女儿就进入了梦乡，临睡前说，明早告诉我好消息啊！可等到10点，没接到通知；11点，仍没有接到通知。老婆说，先睡吧，可能没有希望了！申二说，再等等，于是把手机音量调整到最大，睡去。早上6点的时候，老婆问申二咋样，申二说暂未接到通知。7点左右，女儿醒来，问申二接到电话没。申二不敢再次欺骗她，就将实情告诉了她。不想她蒙上被子，一下子大哭起来。老婆赶紧过去劝说，她哭的声音更大了。申二说，让她哭吧，现在哭还不算迟，等到几年后再哭就迟了！知道差距，就要努力！老婆看看申二说，反正其他学校考上了，在那里努力也不会比这个学校差到哪儿去。女儿边擦泪水边说，只是想证明一下自己到底能不能考上。那明天下午的考试还去不去？老婆问。女儿说，随便，你们定。申二想了想，觉得按女儿的水平考上那个学校有些难度，与其等待一个没有结果的结果，不如早点结束，于是告诉女儿说干脆算了，家里有急事。老婆和女儿一致同意，一家人便在上午8点踏上了返家的路程。

在回家的路上，上午九点，申二接到下午考试学校某老师的电话，让在11点前领取准考证，准时参加考试。申二正在开车，就随便答应一声。不想10点半的时候，那位老师又来电话。申二不想应付他的热情，就说家里有事情，不能参加考试了，谢谢您了！老师说，那就没办法了，可惜了啊。

女儿的读书问题越来越成了当前家庭的主要问题。因为申二他们一直瞒着女儿说她考上了利缘的那所学校，已经报了名、缴了费，只等开学了。

一天晚上，女儿对申二说，最近几天感到听课好轻松，觉得老师讲的那些都容易懂。申二说，那是为啥？她说，自从得知自己考上了那所学校后，感觉压力一下子没有了，学得也有劲儿多了！申二暗想，女儿心里的压力其实也不小，要是那个学校正式录取不行，花高价也得让她进去，不然不好交代他们的欺骗行为——哪怕是善意的。于是申二四处打听，他找了学校的老师，找了相关部门的领导，他们都不敢保证高价就能读成。申二开始失眠了，那晚梦见自己还在高三毕业那会儿，班上同学先后接到录取通知书，就他没有。好不容易接到一个通知书，却是某高校化工应用专业，是申二完全弄不懂的专业。有人建议，最后只得亮出"杀手锏"，找某某领导出马。还是急人，一是某某领导愿不愿意出马，二是人家校长买不买账，三是买了账要多交多少钱，等等，都是未知数，申二总是对未知的领域感到畏惧。

5月某日的中午，申二很憔悴。忽然接到老婆的电话，说女儿被某市那所学校第二批录取了。申二赶紧将这一消息告知已经或正在帮忙的朋友们，以至于煮在锅里的面条成了焦面饼。朋友说，这下可以睡个安稳觉了。于是申二午觉一直睡到下午3点，差点儿耽误了3点半的工作会议。

等了三四天，终于等来了报名的日子。老婆提前将要交的费用取出交给申二，要他千万不要耽误了时间。那日下午，申二按学校通知的时间提前半小时来到学校，门口早已聚集了几十名家长。等到2点30分，来到校长办公室，排队，校长亲自开出的单子，再到财务那里交费。家长们的脸上无奈多于兴奋，因为都要缴纳一定数目的"自愿捐助"款。但是已经很幸运了，几位家长说，能争取到这个名额就不容易，好多人有钱也进不来。一位说，那是，学校不光看高价，主要看孩子的成绩，如果成绩差了，交再多的钱人家也不收。申二排在五六个家长的后边，轮到他时，他说出女儿的名字来，校长看了看名单，大声说，没有，没有，哪个通知你来的？没有接到报名通知的来了也没用！

申二赶紧像逃命一样从队伍中退出来。各种异样的眼光从长长的队伍里射向申二，他真似做了贼一般难受。申二急出汗来，赶紧问询老婆是什么时间接到报名的电话，还要她赶紧回忆人家通知的时候说出的原始话语。他又找到学校相关部门，按接收的电话查出那个发出报名通知的老师。该老师证实，的确是发了通知，是正式录取的，不用交高价；但是校长为什么说没有通知，他不知道，他还在上课，等下课了立即见申二。等了20多分钟，那位老师来了，拿上一张单子到校长那里。校长也拿出一张单子核对后说，是有这回事，让申二先排队，轮到了直接办理就是。申二赶紧排在长长的队伍之后，一小时后终于接到校长开出的交费通知单，又到另一个长长的队伍后面等待交费。一位家长说，你还好，没有交高价。申二浅笑。他又说，现在娃儿的成绩好了就是在给家长挣钱，你看我就多交这么多。申二看看他的单子，上面写着好几千。

快到5点的时候，申二终于可以看见财务开票的手。前面还有3个人就轮到申二了。申二伸伸腰，踢踢腿，一种胜利在望的感觉油然而生。不想很快从门外挤进来两个银行工作人员，财务说，不好意思，暂停一下，要把已收的钱存银行。又等了20多分钟，银行人员提着一大口袋百元钞票走出屋外，收费继续。申二从包里掏出一沓钞票，站在后面的一位男家长用怀疑的眼神看看他。等到申二交完费用，领到发票走出队伍的时候，听见那老兄在问会计，他咋交那一点儿？会计说，他是该交那点儿啊。走过队伍，只见多双眼睛朝向申二，眼神里多了些羡慕！

女儿晚上回来，看着她似乎放松了许多的表情，申二说，你还是要认真点，到时候开学学校还要组织入学考试！考就考呗，反正我已经考上了！女儿仍一脸轻松。

申二也求得暂时轻松，为了迎候更多的风雨。

细雨

为一朵花沉醉

　　为一朵花沉醉是值得的，可以听见花的故事，可以枕着花香进入梦乡。

　　让一只鸟叫醒是值得的，可以听懂鸟的心情，可以看到张开的翅膀和七色的羽毛。

　　躲在山里是值得的，可以忘了山外的风景，可以记起当初的水声。

　　走在风里是值得的，可以握住单薄衣袖的温度，可以摸到时光皱纹的深度。

　　受一阵雨淋是值得的，可以舒展干燥的皮肤，可以调匀血液的浓度。

　　行到水穷处，悠然见南山。半山有一寺，寺里空有影。影对人低语，语涩意如饴。

琳琅山下，听一树花开

4月，清明。

琳琅山下，细雨如珠，阳光似雾，风轻步软。

月亮半掩素面，从房顶上走下来，停在屋檐下的竹椅上，她说，歇歇，我要歇歇。

只有一颗星星，在西天的樟树尖眨眼。他说，看见你了，一脸疲惫。

听见一种声音，是父亲的声音，是母亲的声音，是童年的声音。花说，那都是花的声音。

树生花，花生树。

花开的声音，在琳琅山下，转眼四十年。

一世的声音

窗外有风，吹不动霓虹。窗户摇动，恰似母亲呼唤夜归的孩子。

叶子掉下来，枝尖嫩芽重生。影子走在岁月之外，迷糊了岁月的音调。

焦急横亘。或是欲望，或是欲望堆积。

如果只剩下牵挂，浑身透明。如果还有疼痛，定会流不尽乳白的泪滴。

莲的心事

一

莲埋在泥土里，有蛇、蛙、鱼、虫在藕旁游过。莲很郁闷，为什么它们可以游动？

莲伸出水面，有蚊蝇在叶间穿行。莲很着急，为什么它们可以飞行？

莲露出蓬角，有蜻蜓立在蕾上。莲有些冲动，为什么它们可以扇动翅膀？

莲在阳光下开出花朵，有彩蝶绕飞，有鹰立头顶，有游人停驻观赏。莲很惬意，她想，只要一直向上生长，就可以从泥下长出水面，总有一天会盛开。

二

有的闭着双眼，有的眼睛半睁，有的哈欠连连，有的伸着懒腰，水中的莲，在酣睡中慢慢醒来。

风说，快醒醒，已到了唱歌的时候。

雨说，快起来，已到了开花的时节。

莲娃娃们立在水中齐声回应，我们酣睡了一个冬季，我们孕育了整个春天，到了该盛开的时候。

蜻蜓在哪里？我问。

我已到来，只是你没如期而来——这一定是蜻蜓的声音。

三

盛开了一个夏季的莲，枯萎在秋风里，然后，裹着雪和冰，睡在淤泥的怀抱。我以为她从此失掉了音信，我以为她一直腐在泥里。

一个春日，一只蜻蜓路过水面，忽然听见有声音从水底传来。

"等等，等等我……我已经等你很久了。"

"是莲的声音。"蜻蜓再一细听，果然是她的声音。

蜻蜓停下脚步，立在了莲的肩头。他说，莲不是埋在沙里的金子，却妖娆得让世人陶醉。

莲只是羞涩地轻微摆动了一下身子。

雪

一

　　他们踩到雪了，我问雪，疼吗？雪说，只要他们高兴，把自己踩碎也不要紧。

　　我把雪捧在手心，一眨眼就不见了，我问雪，你躲到哪里了呢？雪说，只要流进心脏融化浮躁，毁灭自己也不要紧。

　　他们把雪装进瓶子里，我问雪，困吗？雪说，只要他们在炎热里凉爽，自己疲惫也不要紧。

　　麦苗在雪地里睡觉，我问雪，冷吗？雪说，只要酣睡如梦，宁愿给它们多盖几层棉被。

二

　　雪从天上来，你从雪中来。

　　雪融在大地里，你融入我心里。

　　雪来的时候，空气总是很冷。你来的时候，梅花次第开放。雪在半空舞蹈，你在梦里唱歌。

　　雪拂去肮脏，你让黑夜明亮。

　　雪的步履越来越蹒跚，你的背影越来越清晰。

三

静静的天空下，一条河静得可以听见呼吸声。

一些词语关于昨天，一些词语流失在午后，剩下的，还有几个可以作为明日的谈资？

梦一直醒着，又跌入梦里，一个接一个，一个叠一个，分不清现实躲在哪里。

明明是下着雨，却夹着雪；明明是下着雪，却杂着雨。蓝天里，布满白云；或者是，白云生长在蓝天里。

四

天空还布满阴霾，雪，开始出发了。

她让我的双眼如此明亮，足以看见外面的山坡，全是一片片的白；她让我的耳朵和脸开成一朵朵的红花，就像姐姐出嫁时红衣红鞋上绣的那些图案。

我身着单衣，投入雪的怀抱，一股股热气从脚心直冲脑门。

我停在母亲的菜园子旁，摘掉一丛白菜的雪帽子。我看见它的样子如此熟悉，很像宝玉初见林妹妹的景象。我确信，就是在砍这棵白菜的时候，镰刀划破了母亲冻僵的像红萝卜一样的手指。就是那一串血滴，融化了白菜身上的雪，才现出了它的全貌。

我真的害怕，有一天，那些温暖，将雪和我的心一起融化，现出了我短小而嶙峋的骨架。

父亲说，看那些草多好。雪来了，就盖上被子假装睡觉；雪走了，就现出一叶一叶的绿。

南飞雁

是秋风给的翅膀，是思念给的力量。
雁，头向南，尾朝北，飘逸在午后的时光里。
雁，也有些犹豫，也有些害怕。
母亲说，飞是雁的本能，只有飞到南方，才可以在天空留下痕迹。

看见那棵树

　　把脚步放进梅林，尽管她没有开花，却可以感觉到脚下的风。把身子挪到桂园，让香气将你覆满。

　　然后，把心交给白云，尽管它游走不定，但它终究走不出蓝天。就像现在的我，走出山村，走过大街，走出茅屋，走进高楼，却依然走不出母亲的心房。

　　母亲的心房，让我的梦一直燃着，即便是在下雪的夜晚，也一样可以握住温暖。

向北，走一条诗歌大道

己亥年六月十一日，巳时一刻。

利州，嘉陵江畔。阳光明媚，风轻云淡，天蓝水绿，人轻路阔。沿路的草，忽高忽低，一直泛青；草里的花，或白或红，时黄时紫。

偶有一条狗，从后面追上来，又从前面跑回来；偶有一个人，一会儿走在狗的前面，一会儿走在狗的后面，手上总牵着一根绳子。

有一个中年妇人，戴白色宽边遮阳帽，大镜片墨镜，一直看水流的姿势，不时望望对面皇泽寺的武则天。

大桥下，有位六十岁左右的老者，面朝嘉陵江，手持小提琴，专注地反复拉《烛光里的妈妈》。

有只鸟停在我的脚前盯着我，我看见了它尖尖的嘴，羽毛光滑，目光炯炯，在正午太阳的照耀下通体光亮。

走在这条诗歌的大道上，我有时遇见北望的太白，有时遇见南去的杜甫。三五个穿戴整齐的钓者在几棵柳树下乘凉，一位看看我晒黑的脸颊和肩颈，笑笑说，神仙难钓午时鱼；一位说，早钓早获；一位又说，晚归晚获。

老河街

广元，老城河街市场，让你找回丢失的记忆。

狭窄，喧闹，拥挤。

菜品多而鲜，价格廉；日用品齐而杂，功效繁。逛者多是太婆、大爷，小孩在摊位帮忙的也不少。以川话和川普居多，其次是普通话和东北话。川话里偶有曾家羊木虎跳卫子腔，也有白龙金仙大石龙潭音。

想吃的，那里可以买到，比如一个油勺儿，几个苞谷饼子……城里买不到的，那里可以寻到，比如一支长烟锅，几张川剧影碟……

太阳说，它不失为一条慢街，慢慢从南向北，再慢慢从北向南，一天就过去了。

老头儿、老太太们说，就这条街，慢慢从北向南，再慢慢从南向北，大半辈子就过去了。

剑门的酒

　　一只酒瓶从月亮里落下，正好醉在我的膝盖靠上一点儿的一块赘肉上。一朵花开了，月光醉了。然后走出一头驴，一个人，一走就是一千年。

　　雨还在下，来来去去的人，步履依旧匆匆。月光在上，剑门在上，所有的目光都在仰望。诗人在喝酒，与诗无关；文人在喝酒，与文无关；政客在喝酒，与政治无关。

　　剑门的酒，无关风月，无关时间，无关做作。

　　上山，下山，都是一种存在。

　　入关，出关，都是一种理由。

　　走进来，走出去，都是一种解脱。

迟到的桃花

阳光下，桃花姗姗而来。

你迟到了，我说。她微微一笑说，是空气迟到了，是雨水迟到了，是看花的人迟迟还没有到。

人呢？我问。她说，有的去了武汉，有的去了乡下，有的去了村里，有的去了小区，有的去了永远回不来的路途。

那就再等等，我说。

迟到不是不到。

时间一到，兀自开放。

人一到，兀自鲜艳。

灵魂一到，兀自清香。

一朵花死了

春天来了，一朵墙角的花死了。

按常理它应该长出新的绿叶，开出绚丽的花朵。可它没有。

我翻开盆中的泥土，发现它的根早已全部烂成稀泥。

那根仿佛在说，即便是土壤肥沃，水分充盈，少了阳光，花也很难活得滋润，活得长久。

秋 雨

　　夜里，秋雨一直在下。

　　星星眨着眼睛问，明天还要下雨吗？

　　雨说，到了明天，你还没有醒来。下与不下，你都无从知道。就算我整夜不睡，天亮了我还是会睡去，星星有些伤心。

　　雨笑笑，夜里下雨，你或许可以看见。要是天明下雨，你完全看不见。

东　营

　　东营，是送别母亲远行的地方。此地一别，她便融入更深更蓝的梦想。沿着梦想，母亲捧一颗圣洁的初心，一路前行。

　　翻山越岭，蹚过河，跨涧穿原。时凉时温，时清时浊，时苦时甜，时缓时急。母亲吸附太多生机，肩负太多苦难，寄托无数希望，承载无数梦想。

　　母亲要远行，要昭示中华儿女的理想和远方，要展现东方大国的智慧和谋划，要让更大更深的海洋泛起蓝色的浪花，要让更多更杂的鱼虾游得更畅达。

　　母亲，选在这样一个东方与我们道别，她背着中华大地五千多年的沧桑和荣光，她面朝世界各个角落的期待和在场。

　　母亲，就此一别。让我成为一朵浪花。让我们也成为一朵朵浪花一直跟随着你，流向更深更远方。

秋，阳光依旧

昨夜失眠。早上，我顶着一脸疲惫去上班。

一进电梯，碰见楼上一位上幼儿园的小朋友。她先是对我笑，然后对我唱歌。

出小区的时候，碰到十楼的老大爷，他背着一个装满渔具的大包，说要到三公里外的河边钓鱼。

"今天还是阳光灿烂！"老大爷特意认真地看了看我的脸，又抬头看了看天。

月亮也近视

　　农历三月初五，我在广场喝茶。夜刚刚临近，抬头看见月亮，半圆，虽然模糊，却发出些许光亮。

　　待我摘下眼镜再次看天，却不见了月亮，只剩下一团微光。

　　邻居一位五岁多的小朋友问我，月亮也近视了吗？看，她也戴着眼镜。

穿袄子的鱼

　　霜降了。气温骤然下降，我们赶紧添衣加裤，还是感受到股股寒气袭来。

　　鱼缸里的红鹦鹉鱼忽然全身泛白，喂食也不理不睬。

　　我问水族店的小赵咋回事，他说："恐怕是太冷了，加热棒用起没有？"我说没有。他说："那还不把宝贝冻安逸了？"我问："那咋弄？""赶紧给它们加热升温。"于是照办。

　　早上醒来一看，果然，昨天缸里的白鹦鹉又变回了红鹦鹉，个个在水里追逐，先前剩下的鱼食也都被吞食干净。

　　"活过来了！"我把女儿从睡梦中叫醒。

　　女儿走近鱼缸，揉揉眼睛看看缸里的鱼，对我说，她刚才做了个梦，梦见我给鱼儿买来棉袄，给它们穿上，又放回了缸里。

　　"是啊，热带的鱼到了北方的寒冷季节，是该给它们准备些过冬的袄子。"我认真地告诉女儿。

我想，你也是

　　旋转的陀螺停下来的时候，忽然立不稳了。

　　我也是一个陀螺，只需有人扶起身子，然后猛抽。抽得越急，舞动得越自在。

　　我想，你也是。一闲下来，就浑身不自在。

味道·光亮

农历七月十四，整个城市被燃烧着。空气和我的肺里弥漫着纸张的味道，这个味道其实就是草木的味道，也是父母的味道。

有一天，我也会被燃烧着。我想知道，剩下的空气里是否还弥漫着这种味道。月光中，闪耀着数点火光。这些火光其实就是父母的目光。

有一天，我也会散发出这缕缕光亮。我不知道，黑夜里是否还有目光将那些光亮收藏。

我只是一枚小小的樱桃

曾经，我们都长在山坡上。我们一起开花，主人和我们只知道生长。

一夜之间，我们成熟了。我们从乡下来到城市，然后各奔东西。我们毫不吝啬地展示自己的红艳和甘甜，于是我们被无数张嘴巴吞噬。

还好，我们的核从齿间逃出，直到有一天，又回到土地。重新见面的小伙伴说，越是红艳越容易被吃掉，只有把灵魂藏在核里，才可以重获新生。

午后，一朵云隔窗笑我

　　我等得太久，依然清晰记得你的模样；你走得太远，似乎忘记了当初的路。趁着阳光正年轻，赶紧让花绽开翅膀，乘上风的舟楫，漾开布满天空的静水。

　　若要醉，最好选在明月的身后，十里桂香定会把梦惊醒；若要行走，最好抢在星星眨眼之前。每一个脚印，都灌满汗水。

　　笑就笑了，跟哭有什么两样？忘就忘了，跟记起有什么不一样？闭上眼睛，声音闪亮；关了耳朵，影子萦绕。

　　开始，就结束了；结束了，又一个开始了。

一只冬至的羊

冬至，羊们很忙碌。

整个城市弥漫在重重的膻味里，我的身体也难逃其间。卖羊肉的胖老板笑得汗水湿透了羊毛背心，送羊肉的三轮车夫装着满车斗的希望，汗水也湿透了他的羊皮褂子。

我走过昔日闹哄哄的羊圈，空荡荡的角落里挂着呆滞而麻木的羊眼。羊们从昨夜到今晨一直在送别，送别被主人牵出羊舍的同伴，却不知下一个被牵出的是它还是别的同伴。匆匆行走的人，都被一种盛会牵引着，都被羊与火的盛会牵着鼻子、嘴巴和肠胃。

我也遁入那些匆匆的影子，仿佛被牵着，又像被驱赶着。一回头，却发现我也成了一只冬至的羊。

秋　园

　　阳光的步伐缓慢，走几步，停几步。当它爬到山顶时，时针已经指向了仲秋的上午十点。它还在喘气，停在一朵云的背后，让云遮住了大半个身子。

　　风从河的对岸漫溢过来，吹长了行人的衣袖，路过白杨和柳树，带走片片的叶子。那些本该落到地上的叶子，就落到了我的脚和头上。

　　那片在秋天最先落下的叶子，就是在春天最先绿的那片。那棵根没有死去的老枯树，又在春天冒出嫩芽，到秋天还一直泛着绿。

小叶樟

一阵秋风一层凉，一场春雨一道绿。

耳聋，可以听不见那些聒噪；眼盲，可以看不见那些龌龊；嘴哑，可以说不出那些要了命的话。腰酸背痛，可治疗心痛；心烦气恼，只会伤害筋骨。

梦，不要太久。一直做梦，不如死去。

抬头走路，不看风景辨方向。停在树下，不为阴凉听鸟鸣。云卷云舒，尽在一眼之间。人生人亡，亦如浮云。水流水滞，都在一沟一壑。人忙人闲，亦如流水。

此夜，即便没有星月，仍有夜行的人。太阳每天都是新的颜色，即便你走在别人的影子之外。

新　年

冬天正在退场，春天招手微笑。

走在新年的第一天，一切都是新的，新的气象，新的起点。

生活总是充满希望，新的生活孕育新的希望。

成功总是属于积极进取、不懈追求的人们，新的改革、进取和追求必将收获新的成功。

祝福2014，幸福2014。

回　忆

想想，再想想，就可以回到从前。

当时的人们，穿着蓑衣，有雨从天而来，有鸟雀在身旁萦绕。当年的脚步，匆匆又轻盈，头发飘在脑后，风在林间不停地说话。

当年的影子，时飞时歇；停在云中的手，温润如玉。

立在阳台见秋风

秋风东来，穿梭于五六栋三十层的高楼，掀开长发，将桂香流淌遍街。

秋风南来，爬过山尖，裹着夕阳，牵着薄雾，将静绿铺满一河。

秋风西来，顶着半鬓白发，咳嗽着，步伐微颤，将一头牛拴在三棵核木间。

秋风北来，扑打脸面，拖着长裙，携来长衫，将母亲的叮咛温润岁月的冷暖。

月光流泻

　　真心对待生活中的每一个人，父母，亲人，朋友，或者擦肩而过的路人；真诚做好生活中的每一件事，为自己，为他人，愿意或者不愿意；当好生活中的每一个角色，富裕或者贫穷，美艳或者丑陋，权贵或者平民。

　　目标不是越高越好，"天再高，也高不过人的心"。不是所有的花都在春天开，有些树要等来秋风才香气四溢。

　　有时候自以为得到，其实早已地失去了。

　　月光流泻，铺满无垠的大地，也会装满一个小小的茶杯。

醉　雨

　　入春以来的第一场雨，在昨夜姗姗而来，就此终结了城市里近一个月的沙尘和雾霾。

　　这雨会不会落到乡村？父亲前几日还在电话那头说，村里的八口井都干了，就连那口流了九十年的龙王井，水也死死沉在井底，爬不上来。井口排队等水的人快赶得上集体生产时开小队会的人了。"那'冬水田'呢？就是那个叫作烂泥巴田的。"我问父亲，"它也干了吗？"父亲说："早干了，哪有烂泥巴，稀泥巴都成了干泥巴，快可以在上面赶牛了。"母亲叹气说："红苕育不了种，苞谷下不了地，秧苗还在温棚，再这样下去，怕是人畜都难了，哪还顾得上庄稼？"

　　这雨会不会落到贵州、云南去了？那些近几年春旱，时时张开焦渴的嘴巴与喉咙的山坡、田地和堰塘，那些半夜就出去找水的村民，那些凌晨就到十几里外的山坳背水的孩童，那些混浊或是火炭一般的眼睛，都在盼望这一场春雨。

　　昨夜，我醉了。我是沿着布满灰尘的一条街道，踩着干燥路灯下的影子，歪歪斜斜到家的。一进门，一股地灰的味道砸在我的鼻子和脸上。原是中午为了让昏黄的太阳光射进屋里，打开了客厅的两扇窗户，却让暗夜的空气包裹了我的整个房间。我用有些冰凉的水洗把脸，倒床而睡。半夜，就在半夜，听见好像有人在敲我的窗户。我慢慢挪动身子，掀开窗帘，打开窗户，与春雨撞了个满怀。

　　"下雨了！是在下雨呢！"我的酒一下子全醒了，而且十分兴奋地叫醒妻子。妻子说，难怪昨夜不再失眠了。

　　我是好久没喝酒了，长时间不喝，酒量下降很快，所以一喝就醉。这雨也是好久不下了。长时间得不到雨水滋润和洗涤的大地与城市，会不会也和我一样，喝几口雨水就沉醉在这夜里？

　　凌晨，雨还在下。

忽然某一天

忽然某一天，再也听不到那个喊你乳名的声音，让你想不起今天还要不要和太阳一起起床。

忽然某一天，再也看不到村口老核桃树下等你回家吃饭的身影，让你想不起今晚灶上有没有你最爱吃的蒸红苕。

忽然某一天，再也找不到那张一直微笑的脸，让你想不起烦恼和委屈存放在哪里。

忽然某一天，再也摸不到那双干皱的手的温度，让你想不起停在风中的十指无力地握住风。

忽然某一天，再也闻不到半湿的稻草烧化的猪油味，让你想不起饥饿也盈满香。

忽然某一天，再也叫不出那个叫了几十年的称谓，让你想不起别人口中的幸福会把你拍得生疼。

忽然某一天，一个人离你而去，一句话离你而去，一段灵魂离你而去。那就是母亲，她已悄然离去。因为，你已长大，或者她认为你已经长大；因为，你很幸福，或者她认为你已经很幸福。

失　眠

昨夜失眠，也让我觉得寻了个难得的机会。

可以听到睡在枕旁的妻子均匀的呼吸声。可以瞧见女儿梦中的笑脸和嘴角的口水，可以听到楼道里高跟鞋半夜敲击楼梯的脆响，可以听见屋外晚归的夫妻因麻将争吵和欢笑，可以抚摸到月光从纱窗的缝隙里挤进来时的滑嫩和松软。

可以静下心来，想一些事情。想想地下的母亲，是不是还在劳累；想想童年的伙伴，是不是已从一百米高的脚手架上下到了工棚的床铺；想想过去的三十年，有几处值得珍藏或者悔恨的影子；想想明天，该以什么样的容颜面对新的太阳；想想新居，定要设计一个书房，有月光照得进来。以后若是失眠，就去书房读书，免得那微弱的灯光，打扰了妻儿的睡梦。

想想要弄台煮咖啡的机器，看书累了，眼涩了，就去煮咖啡。杯子里一定不要放糖，就那苦苦的味道，才好。

红绿灯

　　远远望见绿灯，孙子喊爷爷："快点儿，是绿灯。"爷爷反而放慢脚步笑笑说："不急不急，等你跑到，就成了红灯！"果然，孙子喘着粗气刚到斑马线，红灯就亮了，爷孙俩只好停住，等绿灯再次出现。

　　远远望见红灯，爷爷喊孙子："快点儿，是红灯。"孙子说："反正还是红灯，何必快点儿呢。"爷爷拉起孙子快走几步，刚到斑马线，绿灯就亮了，爷孙俩很快融入过街的人流。

　　生活就是这样，有时候大家都认为是个机会，实际上早已失去机会；有时候大家都认为没有机会，只要提早准备，机会就会被你抓在手里。

总有一朵花为你而开

过了花期，才想起利州广场那里有两棵苹果树。

去年是赶在它盛开之时到它面前的。还记得它白里总透着红，红里又透着白；粉里裹着嫩，嫩里裹着软。蜂来蝶往，清香入鼻；风过风去，落英入怀。

趁这个下午，赶紧狂奔到那里，静立，看望，找寻。花已谢，蒂里已长出豌豆大的青果，枝头已长出指甲般的绿叶，树下花瓣堆积如雪。

"你在看啥？"我扭过头，是一个头发全白的老者。

"花。我来迟了呢，它已开过了。"我低声说。

"不迟。你看那里有几朵正在开呢！"他凑近我，顺手将拉下的口罩戴好。

我定睛再看，枝间果然有两朵正在盛开的花。我有些怀疑是不是真花——有时候假花似乎比真花还真，因为我先前一直在盯，一直在找，却没有看到有还在盛开的花。

"总有一朵花等你来了才开。"老者说。我正要回话，他又说："总算又看到你了，我可以走了！"

我恍然明白，原来他一开始就在跟花说话，似乎没注意到我的存在。

就在2020年3月22日的这个下午，我也想跟花说说话，就是那两棵苹果树的花，就是那种白里透红、红里透白的花。

寄一处敞亮，给我的开放

　　那年除夕前夜，雪下得筛糠一样。晚上十一点，我校对完清样，推着自行车从印刷厂赶回单身宿舍。街上没有几个人，没有几辆车，门店没几家开着。走在空荡荡的街上，我忽然觉得自己成了富翁，整条街都是我的，任我来回地走，顺逆地行。我顿时成了"街主"，先前的抱怨都烟消云散了。

　　那晚午夜十二点，我昏昏沉沉从办公室去厕所。白天人来人往的整个楼层都关门关灯，静得只听见凉风从楼道穿过。我忽然觉得自己成了整栋楼的"楼长"，可以管控整栋大楼的灯光，先前的郁闷和疲惫瞬间化为乌有。

　　那日早上六点多，我去领取招考的试卷。电梯来了，没有人下楼。从二十楼一直未停，直接到了一楼。想想以前出门回家，很难一个人上下的。早上赶时间，电梯却几乎每楼必停，每层都有赶时间的人。不是赶时间去上班，就是赶时间去上学；不是赶时间去买菜，就是赶时间去遛狗。总之大家在早上七八点都很忙，电梯往往是超载运行，层层都照顾到，开门，关门。我忽然觉得自己是专梯出门，很是浪费电梯资源，很想等一个人一起下来。

睡　觉

　　妻常唠叨，你成天忙，一闲下来，最大的爱好就是睡觉。要说爱好，睡觉的确算我的一大爱好。

　　睡觉不是一种休息方式吗？咋会是一大爱好？我说，睡觉妙趣横生。闭上眼睛，会把世间看得更通透。梦里，会遇见母亲，会听到她的笑；梦里，会在童年无垠的田野奔跑；梦里，会看见风中飘舞的长发和黄围巾；梦里，会跨过翻着白浪的河上十多个跳蹬子；梦里，也会常常碰到永远解不出答案的数学题，还会收到迟到的大学录取通知书……

　　忙碌稍停，我想到的第一件事情就是睡觉。

　　我想一直睡在梦里，我怕一旦睁开眼睛，就不见了母亲；一旦醒过来，却发现母亲睡过去了。我又想在我忙的时候，母亲也睡进梦里，也会梦到我。妻说，宁愿你闲一点儿，闲了就睡觉，睡进梦里，去招呼母亲。不要让她常常梦到我们，免得她睡得太累。

二楼的风景

上班不久，我去某领导那里送签文件。可是我慢了半拍，他屋里已经挤了好几个人。领导特意打招呼，让我等一下。

领导的办公室正好在二楼，挨近楼梯，我就倚在栏杆上看来来往往、上上下下的人——有上班的，有办事的，有找领导签字的。一位路过的同事对我说，这么早就在这里了，等美女啊？我笑笑说，哪里哪里，你看上楼的人，基本没有几个女的，谈什么看美女呢？

我再细细看看那些上楼的男人们，基本都是从一楼楼梯口的小轿车猫身出来，西装革履，头发黑亮，手提或大或小、或长或短、或黑或黄的公文包，有的还叼着香烟，大腹便便，慢慢往楼上爬去，到二楼就开始喘气。也有身后跟着秘书或下属之类的，帮着拿公文包和水杯，他就两手空空，一边走一边说话，一边说话一边用手理着头顶稀疏的头发。他们的脸上，不是焦虑就是虎着，偶尔碰上熟人，也挤出几点笑。那笑容十分吝啬，那穿着好像冬天特别漫长，春天还未睡醒。偶有两三个中年妇女，打扮正统，卷着头发，黑裙长靴，脸上涂抹着厚厚的脂粉油膏，白中透出光滑与锃亮。还有两个穿着某酒店蓝灰制服的姑娘，梳着刘海，头上别着金灿灿的发夹，边走边嘀咕，大概是找某单位收账。

看到这儿，我忽然想起前几日早上八点到某公司门前看到的。那些男人们一律着白衬衫，打黑领带，女孩子一律着黑套裙、白丝袜，平底黑皮鞋，用丝带扎着一个马尾辫，急匆匆、精神饱满、有说有笑地向大楼电梯口奔去，一股春天的气息席卷十八层大楼。

春天的脚步，碰到崎岖山路步子总会慢些，赶上大道就会速度快得多。

愿春光早早，上我楼，入你室！

夕阳下的胭脂萝卜

　　夕阳下，门卫老赵背着一个背篼从花园处走过来。他是一位退休教师，与我同住一个单元的五楼。

　　"等一下，等一下！"老赵看我快要进电梯的时候叫住了我。

　　"有啥事情吗，老赵？"我将整个背靠在电梯的自动门上，免得它要自动关掉。

　　"我给你个东西。"他走到楼梯间，将背篼放在我的脚旁，满满一背篼水灵灵的红红的萝卜呈现在我的眼前。

　　"你买这么多萝卜干啥？"我问。

　　"不是买的！"老赵喘口气说，"我在南山脚下开了一块荒地，种了一地萝卜，下午才去收回来的！"

　　"那不简单，丰收啊！"

　　"那是！先前还收了一季的豆角，吃都吃不过来呢！"老赵脸上露出幸福的表情。

　　"就是！一来锻炼了身体，二来也在一定程度上解决了吃菜的问题！"我再次表示了祝贺。

　　"你看这萝卜！"他用手翻翻略带泥土的萝卜说，"这可不是一般的萝卜，你看，它们是胭脂萝卜，红皮白肉的，又好看又好吃！做泡菜最好呢，盐水都是红红的，的确像女孩子脸上抹的胭脂的颜色！"老赵说得唾沫横飞。

　　"我给你装一口袋，你拿回去试试看。也可以凉拌萝卜丝，脆得很呢！"老赵边说边用一个红红的塑料袋给我装萝卜，脸上现出无尽的快乐。

我表示推辞。他说："你可不要嫌弃，它们看着个头小，是没有施多少肥的缘故，也算是绿色环保。"

我不好拒绝，接过老赵给我装的满满一袋萝卜，帮他重新背上背篼，一起上了楼。

夕阳照在老赵的背篼边沿，然后照着他肥大的屁股和一双黄色的胶鞋。这已经是冬日里最后一抹夕阳，因而照在脸上让我感到格外温暖。

我相信那抹夕阳也会照着背篼里的萝卜们，不然，它们怎么会个个抹着胭脂，格外地妖艳。

三条理由

女儿参加完小学毕业考试后，学校没有布置作业。

"终于可以轻松几天了啊！"她长舒一口气。于是，看电视、上网、与弟弟玩要成了她的主要任务。

我有些看不下去了，让她到附近的书店看书。她邀约了几个同学一同逛书店，没看几分钟，又迷上了书店的少儿电视节目。

"你咋对电视那么感兴趣？"我问她。

"你说呢？你要我对啥感兴趣？"女儿反驳。

"那就做作业？"

"老师没有布置！"

"我布置。回忆你的六年小学生活，写一篇作文。"

"凭啥写啊？你又不是我的老师。"她一下子急了。

"那你再说出不写的三条理由，否则必须写。"我也态度坚决。

"第一，我已经有作业了，妈妈让我写读书笔记；第二，我不想写作文；第三，你的态度太恶劣。"女儿很快给我发来短信。

淅淅沥沥的雨

补 课

送女儿上奥数课，一周一次，一次两个小时。一位同学说，学校一周都解决不好的问题让孩子两个小时解决，的确有些难。我也难，女儿说班上同学大都在补奥数，老婆说考某某知名学校必须考奥数。

弦 断

将断弦的古筝送到女儿的学校修弦调音。"断的是第七根弦。"女儿特意告诉我。古筝老师见我扛着古筝来到学校，说，弦又断了，说明你孩子练习得认真呢，家长要多督促孩子练，考级才能通过。

景 象

到老城"集营钟表行"配了一副眼镜，顿觉神清气爽。眼镜师傅说，是你的镜片花了，换了这个，街道看起来会更加清晰，城乡环境整治确也见到实效。街上不少人露胳膊露腿，春天早已来了，只因为我依然行走在冬天的脚印里。

夜 饭

陪女儿吃麻辣串串，喝雪花淡爽啤酒一瓶。女儿一开始见我喝酒，很不高兴，随后又说，喝吧喝吧，只喝一瓶。还让我给她倒了一小杯，与我干杯。

电　梯

女儿说好久没看电影了，于是我们步行到太平洋影院。问询半天，漂亮的售票员兼爆米花销售员抱歉地说，没有适合小孩子看的片子，我们悻悻而归。乘电梯下楼，原来是景观电梯，站在里面可以看夜景。女儿说，坐坐，我小的时候就在商城坐电梯，上下好多次，还被保安骂过呢。我说，有我陪你没人敢骂你，于是我们从三楼到一楼，又从一楼到十楼，再到一楼。女儿竟然欢呼起来，原来广元的夜景这么漂亮！

喷　嚏

　　申二早上一起床，连打三个喷嚏。十岁的女儿说，有人要请您（吃饭）吧？申二一阵窃喜。

　　一坐进办公室，就接到一个老乡的电话，说看到他的新书，序写得不错，内容一定很不赖，正在认真细读。

　　借送文件的机会，申二看望一生病的亲戚。他躺在病床上细声细语地说，手术做得很成功，疼痛一天比一天减少，再住一周就可以出院，又可以出门挣钱了。

　　再去拜访一位老中医，为久未痊愈的扁桃体寻药。老中医望闻问切之后淡淡地说，药不开了，需要多喝水——白开水，饮食切记要清淡，烟酒少沾为好。

　　忙到快下班的时候，忽然收到一个请吃午饭的信息，说要去一个叫"奔腾辣椒"的火锅店。申二赶忙推辞说，不能喝酒，不能吃辣椒。对方说纯属几个文友的聚会，不可缺席，酒可少喝。申二又打了一串喷嚏。

满地阳光

我下午专门请假，观看女儿学校艺术节文艺会演。

女儿所在的北街小学，去年刚刚过了百岁生日。2008年汶川地震导致主教学楼严重损毁，在北京大学等有关援建单位和各级各部门的关心支持下，一座崭新的校舍矗立在凤凰山下。学校注重德智体美综合教育，在培养孩子成长、成才、成人方面成效显著，深受社会各界和家长的认可与满意。为期一个月的第四届"金葵花"科技文化艺术节搞得红红火火，我能够抽出时间观看文艺会演，女儿高兴，所有邀来家长参加的孩子们都高兴。

多日阴雨冷风之后，迎来了一个难得的晴天。下午两点，孩子们和家长拥进校园，冬日的阳光正暖暖地照在偌大的操场上。

歌声飞扬，人群簇动，舞步轻盈，裙裾妍妍。

在近九十分钟时间里，笑容铺满孩子们红润的脸庞，师生们同台献艺，台上台下汇成欢乐的海洋。他们跳着《吉祥》舞蹈，朗诵《荷塘月色》，联唱《白龙马》经典动画，献上《礼物》音乐剧，走着《与绿色同行》时装秀，用彩绳表演《激情飞扬》，《飒爽英姿》《走在乡间的小路上》《乘着歌声的翅膀》《太阳熟透的苹果》……孩子们在母亲的河流《荡起双桨》，弹奏一曲曲欢乐的旋律，唱响一首首《和谐的颂歌》。

走出操场，金灿灿的阳光满地流淌。

阳光如此安静

他是面朝一朵白云睡着的，尽管蓝天离他那么遥远。

他枕在一辆三轮车的硬质塑料驾驶座坐垫上，坐垫头软得似一团棉花覆盖在红布裹住的一排弹簧上面。裤脚一只挽起，另一只盖住脚背；一只脚套进白胶鞋里，另一只露出起了茧的脚后跟。胸膛盖着他的黄马甲工作装，卷在脖子上的灰色内衣的一边露出一上一下的粗大的喉结。

他的上眼皮紧紧盖住下眼皮，嘴巴时开时闭，脸上的肌肉完全松弛。他忽的一声笑，口水快速从嘴角流到下巴。又一阵笑，他收回平放在三轮车斗里的右腿，斜眼看看几个正在高声喧哗玩着斗地主纸牌游戏的车友。

"我咋睡着了呢？"他从车里跳出来大声问。

没人理会他的问话。街道旁的车川流不息，我混在川流不息的人流中，与他擦肩而过。他又抬头看了看天空，发现阳光如此安静，静得他浑身一阵疼痛。

闲　人

　　那天清晨，立在城市广场中央的空气里，忽然忘记了来的方向。想赶紧回家，又忘记了家在哪里。计划多日的事，临到见面，却听到他在电话那头说忘记了最初的约定，身子已经投放在远方的景色里。

　　望着对面街上超市半开半掩的门，门里全是走来走去的穿着单薄丝袜的腿。密密的春雨从半空掉下来，小女孩故意踩着深深浅浅的积水问，是不是要下雪？年轻的母亲说，好几年都不下了，恐怕是老天爷忘记了下雪。

　　我跟在一辆无牌的浑身沾满黄泥的越野车后，它慢慢把我带进一个窄窄的巷子。映入我眼帘的是一排不锈钢栏杆铸成的门，栏杆上挂着一个写着"闲人免进，内有狼狗"的蓝色铝合金牌子。

　　我忽然害怕起来——我相信那狼狗一定会在某个时候咬住我的厚厚的牛仔裤裤脚。从它的眼睛和表情来看，它认定了我就是个闲人。

说走容易，真走难

市场的东头，一家蚕丝被加工店的高音喇叭使劲儿吆喝。

"最后一天了，我们就要走了！"

"感谢各位惠顾！"

"最后一天了，我们不图赚钱了，只想让你们满意地抱被而归！"

女儿路过那摊点时使劲儿扯扯我的衣角，又指指写着"最后一天"的广告牌对我说："上周我路过那里，他们也说'最后一天'，咋过了这么久还是最后一天？"老婆说，十几天前那牌子就竖起喇叭在那样吆喝了。

"那是店主在打广告，招徕顾客呢！"我说，"你们以为他们是真要走？"

再见好说，真走不易。更多时候是说了数次再见，却难以移开脚步。

门，进出

　　他回来了，带着希望，还有几分疲惫和新鲜。脸是黑了许多，说是训练晒的，但充满刚毅。

　　"孩子都上二年级了，还不晓得在哪个学校呢。"他有些内疚，"老婆辞了工作，为了孩子，也为了我安心服役，只得这样了！"他给我递来一支烟继续说："老父亲的身体一直不好，我是个独生子，再不转业恐怕要遭人说是不孝了！"

　　他看了看我手里的烟未点着，又慌忙去掏了掏身上说："不好意思，我不抽烟，所以没带火！"我说："我也是假烟民，不抽也罢。"

　　"回到地方，两眼一抹黑，不知工作咋安排的啊？"他问。

　　我给他介绍国家的转业军官安置政策和本地具体办法，他还是一个劲儿地要求"关照关照"。

　　"回到地方有个适应的过程。你要做好再次创业的准备，再创佳绩！"我倒满一杯茶水，送到他手上。

　　"我是从农村出去的，一定从头做起，从零开始。适应地方工作，决不辜负部队和组织的培养！"他喝一口茶水后望着我，眼睛炯炯有神。

　　"赶紧抓住这段等待安排工作的过渡期，好好陪陪家人，做做饭，接接孩子，照顾照顾父母！"我提醒他。

　　"是啊，一旦到地方单位报到，肯定会忙起来的！"他站起身来说，"老婆让我买点儿排骨，孩子马上要放学了，还要去接他呢！"

　　看着他走出房门，猛然觉得那姿势与好多进出的背影迥然相异。就是有了这些门，然后才有了进出，才有了进出的千姿百态。

他出发了

流沙河先生仙逝小记。

——题记

在一个休息日，他踏上了新的路程。莫非是要赶在下一个工作日早早到达新的岗位？他一辈子都这样为工作着魔。

在一个休息日，他永远闭上了双眼。莫非是怕惊扰还在行走的忙碌的人们？他几十年都这样为工作的人着迷。

他在这里停下脚步，更要在那里开始新的路程。他在这里疲惫而快乐，却要在别处创造新的快乐。

出发，有的人选在车到终点之后，他选在车到终点之前。一只蟋蟀，在秋鸣之后，遇见一粒沙，随河而流。

梦，或梦

老　谢

"这么好的一个人，前天还给我拿来一堆衣服，还没有送回老家呢，咋就走了？

"那么多的人都来打招呼，他躺在那里累不？

"昨天才过世，明天一早就去烧了，只占了三个日子，三天都没停够，儿女咋想的？

"哪天我走了，不要这么多的人来，麻烦他们，也打扰自己。不如自己走到火葬场，啥都不留，免得多事……"

老谢絮絮叨叨地说着话。

"你不去看看他？你们关系也好呢。"他走近我。

"我这就去看看，还要给他烧点儿钱。以后你走了，我也这样。"我说。

老谢只是笑笑，很勉强的那种。

老谢是我们单位的花工，五十多岁，单身。去年老谢问我一件事，说已同他哥哥商量好，嫂嫂也同意，让他与嫂嫂生个娃，免得绝后。我和法制科的同事都极力劝他不要干那违法的事，他就此作罢，过后一直为后半生的事焦虑。

昨夜风急敲窗，忽然梦见老谢。醒来一回想，不见老谢已经十五六年，不知老谢是否安在，在哪里化烟，灰存哪里。

不觉人生怅然。

吃菜喝汤

父亲自己坐在院坝里，碗放在左侧阶沿上。母亲睡在正房东边第一间的床上，姐姐站在床沿边，手里端着母亲的碗。父亲和母亲的碗里都是黑黑的苞谷糊糊加白菜。

弟弟还赖在正房西边第二间的床上，我的脚一阵冰凉——他又尿床了。屋顶也有水从蚊帐上滴下来，是瓦漏雨了。表弟踢门而入，掀开弟弟的被子，露出他半个屁股。"还不起来，我都走了三十里路，再不起来，苞谷糊糊就喂狗了！"表弟在弟弟的耳朵边大嚷。

大花狗跟着表弟跑过来，边跑边叫，走近表弟，一个劲儿地摇尾巴，似乎听懂了表弟的嚷嚷。

"快去吃饭！"父亲从地上站起来对表弟说。

"大舅，大舅母还病着？我去看看。"表弟向母亲那屋走去。

我看看放在案板上的一碗苞谷糊糊颜色更深了，似乎比先前稠了一些。我还是不想吃它。我对父亲说："我要出去打工，我要挣钱，我要吃白米饭。"

母亲又开始咳嗽，姐姐从屋里出来对我和表弟说："快去吃饭，吃了才有劲儿。"

大花狗又向我跑来，眼睛一直盯着我手里的碗。"来吃，花狗来吃。我不想吃。"

我要走了，刚过院坝就走不动了——原来是个梦。

暂 歇

他一副要睡过去的样子，用一只手握着方向盘。

我说："兄弟，我想歇歇。"他一下子惊醒说："还早得很呢，歇啥？"我说："我肚子早就叫了，就在前面那个路边店吃点儿。"他伸长脖子，向前面瞅瞅，选了一个最中间的小吃店停下车。"就在这里吃，这里最干净。"他说。我问："还有多远可到目的地？"他不假思索地说："晚上七点没问题。歇歇也对，我困得没法，先眯一会儿，吃完了就喊一声。"他从车上跳下。

我问："你不吃点儿？"他斜了一眼小吃店主说："吃啥？瞌睡比肉香，吃多了等会儿还得撒尿，让我歇歇再走。"

我走下车，也从梦里走出来。

花　狗

我驱车蜗行在儿时的机耕道上。

那棵老核桃树依然葱茏如华盖，遮住半块山坡。我家的那只已满十岁的大花狗拖着长长的舌头，摇着卷上屁股的短尾巴，一路小跑跟在我的车后。突然，大花狗一下子冲到我的车前，对着车大叫。我来了个急刹车，下车去看，原来路的当中横着一条大乌梢蛇，正不紧不慢地弯弯曲曲地向山坡下爬去。等那乌梢蛇爬出机耕道，我又开车前行。

我记不清要去什么地方，只想往前开。大花狗就一直跑在车的前面，我想它也许是怕我不熟悉那条路了，也许是怕我再遇上什么挡道的家伙。行驶了不到十分钟，它一下子不见了踪影。我正寻找它时，前方猛然传来狗的狂吠声，而且声音越来越凄惨，正是大花狗特有的声音。我加大油门往前开。在一个拐弯的地方，我看见一大块石头横在路上，狗的叫声就从大石头底下传出。我再仔细看时，只见大花狗半截身子不见了，石头与公路相连的地方正往外流血，那一定是大花狗的血。我赶紧刹车，跑上前去，想把大花狗从石头缝里刨出来，而那大石头正狠狠地压在它身上，竟然纹丝不动。它的声音越来越低，越来越凄惨。我看着它不停地叫，身子不停地抽搐，不停地流血，却毫无办法。我努力地大声喊着儿时伙伴的名字，却怎么也喊不出声来，也没有一个乡亲经过。我渐渐看着大花狗停止了呼吸，血由热变冷，身子由软变硬。

我哭了。要不是大花狗抢在前面，我想那块大石头一定会砸在我的车上，那么哭的就是我，流血的就是我，没命的就是我。是大花狗救了我的车，救了我的命。我伤心地大哭起来，直到哭醒。

看着酣睡的妻子儿女，我更加怀念离去二十年的大花狗。

黄　土

沿老树爬坡。轻抓树根，树洞轰然而开。有茸毛蠕动，瞬即似有老狗蹿起，凄厉的叫声，回响半空。

一只舔着血红舌头的狼，眼珠发绿。我顺手将枯树枝甩向狼首。但见枯树枝顿化一剑，直刺狼脖。瞬间鲜血直喷树身，三声惨叫后，狼首顺坡滚下。狼身砸向杏树，惊得满树青杏落向尸首。

黄土何在？我看脚下，尽是青草丛生。

坡下堰塘水漫堤坝。

炊烟袅袅，弥漫着早饭的玉米味。

空空的三层小楼，防盗门未上锁。

爷爷从村里的超市回来，怀抱三盒牛奶和一袋山椒凤爪。

我身何处？四周白云荡胸。

发间浸着露水，脚尖沾着湿土。空气时咸时淡，时暖时寒。

你的眼睛里不是我的颜色

说好，在那棵白杨树下等你，是在阳光疲惫的时候。

热气正在消退，细密的风吹落一片半黄的叶子。偶尔两声知了的声音，轻轻地掉落在草丛。空气里弥漫着青草刚刚割下的味道。

你围绕环形的花台来回走动，眼里不是我的颜色。

归　期

那些错过的归期，是命中注定的。年轻的影子，都是一种想念。

恍如在一个春日的下午，恍如在一座陌生的城市，坐在一棵凋谢的山楂树下。阳光斜照下来，风如薄薄的无袖衫，随意搭在一肩。春水盈堤，柳絮飘零；青杏藏枝，彩蝶飞飞。

那些错过的归期，是命中注定的。梦中的影子，都是一种怀念。

恍如在一个枯黄的季节，恍如在一个不着边际的山林，站在一棵挂满果子、落光叶子的柿子树下。

等待冬天的第一场雪，遥望一阵阵雷雨倾盆。雪里的桃花，丰满的草树，黑色的瀑布，小巷的石板，油纸伞，花格子旗袍……都遗落在那些高高低低的脚印里。

树下的姑娘

　　树下的姑娘，与夏天的树叶一样嫩绿。走在大街上，街上便沿路长出一棵棵的丁香；走在太阳下，阳光就住进她的身体里，给行人留出一处处的阴凉。

　　树下的姑娘，眨眼消失在窄巷。她的影子，全部嵌在我的目光里；她的步伐，全部走进了我的胸膛。

　　我的这个早晨，全都留在二十楼的阳台；我的整个夏天，注定要忐忑着灵魂。

手

一

在这个滴水成冰的早晨，我碰见了久违的阳光。

它穿过灰蒙蒙的云层照射大地，正像无数双手轻轻抚摸着我的面颊。

在那无数双手中，必定有一双是母亲的手。

那种温暖，那种舒服，那种兴奋，只有从母亲的手里才会散发出来，进而弥漫我的全身和整个冬季。

二

她端起酒杯，慢慢从座位上站起来，歪歪斜斜地走近我说，敬你三杯。

我用细小的白酒杯碰一下她的高脚红酒杯，声音还是很脆，吸引来同桌诧异的目光。

我看到她的手有些颤抖，就善意提醒说不要喝多了，更不要喝醉了。她意识到什么，一下子握住我的手，身子稍微放正。那是一只冰凉、细滑、软而无力的手，恰似一团落入雪里的棉花。

我慢慢松开她的手，端起满满三杯"心意"。她自己握了两三次说，是这只手自己喝多了，快不听指挥了。我说，快劝劝你的手，不要让它真喝多了。

情由心生

2019 年 10 月 27 日，农历九月二十九日，在《童戈游记选》首发式上发言。

——题记

在这深秋时节，我们欢聚一堂，为着童戈先生的新书首发而来，为着童臣贤先生八十寿辰而来！在此，请允许我代表他的学生、晚辈、读者，向他表示最热烈的祝贺和最诚挚的祝福！

我早上刚刚从九十公里外的乡村赶来，脚上和身上还沾着泥土的味道。我们从《童戈游记选》中，可以处处闻到这种泥土的芳香，那就是深入生活、深怀爱民之情的味道！

我们赶上了新中国，我们迎来了新时代。七十年来，我们伟大的祖国日新月异，天天成长！从《童戈游记选》中，我们可以读到这种变化，这种惊喜，这种感叹，这种祝福！童戈先生在几十年里，走遍祖国的大好河山，用他的眼睛，用他的短笔，更是用他的心灵记录、描绘、呈现着伟大祖国、伟大人民的伟大奋斗和伟大创造！

今天是童臣贤先生八十寿辰的大喜日子。我记得二十年前，童戈先生曾说过："生命从六十岁开始。"这二十年来，童戈先生笔耕不辍，著书立说，写下了诸多名篇精品；他奔忙于各类社会文化活动，提升了许多人尤其是老年人的生活质量；他讲学育人，许多年轻人从中深受教益。他退而不休，休而不息，息而不止，又为生命创造了二十年，甚至可以说是三十年！

生活从八十岁起步！一步一风景，步步好风光！

在此，我再次真心祝愿童戈先生：童真永在，童趣永在，童心永在！

行走在新时代的春光里

2018年的春天，是新时代的第一个春天。

菜花正是金黄的颜色，梨花携带细雨，桃李渗出青绿，田里春水盈盈。

我踏上南方的行程，以一百七十公里的动车时速奔驰在川北的腰间。重庆的火锅热气腾腾，重庆的小面麻辣鲜香，重庆医科大学的学子踌躇满志，广元卫计求贤若渴。

南进，南进，深入黔地，进入遵义。红色之城，肩挑幸福，共担奋斗。

再进，再进，落地贵阳。贵州医科大学沐浴春风，川黔播撒人才激情。

春天的种子，撒在风里，就长成秋风；撒在雨中，就长成夏雨；撒向阳光，就长成冬阳；撒在心田，就长成春颜。

新时代的春天，一切都是新的。北京的声音响彻寰宇，新时代的春风吹遍神州。

行走在新时代的春光里，一条条新路从地下铺向蓝天；行走在新时代的春光里，复兴的梦想一步步走进现实。

我的2015年

忙忙碌碌，跌跌撞撞。

参加一次采风，编辑一本书，得了两个奖，出了三期杂志。

购得四套碟子，买回五套书，发表了若干篇文章。

该读的书没读完，该做的事没做完，不该变白的头发又多了数根。

春自故乡来

看见您，只在梦里；想念您，总在心里。

春天来了，花香叶绿。您不会在意，因为您总是忙碌着。下雨了，您不戴雨帽，您说春雨正适合您的头发长成黑色。

菜花地里，我追逐一群蜜蜂，它们却全部飞到您的身上。我想，您正是一朵开得正艳的菜花。

一只狗把我追到树上，然后跌倒在麦地里。麦苗太嫩，撑不住我瘦弱的躯体，我都左腿骨折了。您背起我说，不怕，麦苗断了很快就长出来，腿折断了也会很快会长好。

堰塘放水了，流过渠道。您把我们兄弟几个赶到渠道边说，快洗手，快洗脚，洗掉一冬的闷壳。

才到春天，您早已汗流满面。我问您，咋那么热呢？您说，春天也有火，烤的。

那时候，我们总是很躁动，就像冬水田里的蝌蚪。您看见我们这田跑那坎，总是笑笑说，多跳，多跑，啥时候像蝌蚪一样，尾巴落了，就长大了！

被光阴伤害的人

被光阴宠坏的人，大声说着话。一块石子也会挡着他大步朝前的路，一声蝉鸣也会让他心烦意乱，一朵乌云也会使他恐惧黑暗的天际。

被光阴宠坏的人，始终想笑着。容不下半滴眼泪，藏不住半滴汗水。

我宁愿被光阴伤害。只是有些许的疼痛，有些许的劳累，但可以更清晰地看到乌云背后广阔的晴空。

恐惧之后，安好如初

昨日午后，我进入电梯，刚刚上行，眼前突然一片漆黑，电梯停在了某层楼不走了。

"停电了！"我赶紧按下应急铃，很快从电梯里传来门卫老彭的声音。

"你别着急，是停电了，我马上通知电工过来！"他不紧不慢地说。

"赶紧啊，我一个人在里面，怪吓人的！"我的声音很低，似乎可以听到心脏加速跳动的声音。

借着电梯里微弱的应急灯光，我认真阅读了"搭乘电梯须知"，然后蹲下身子，用手护住头部，开始等待电工来打开"希望之门"。就在等待的时间里，我思绪万千，想到了万一电梯突然上升又突然下降的后果，这种事情不是没有发生过。我也想到万一电梯门一直打不开，困在里面好几个小时的后果，这种情况也不是不可能发生。我甚至想到了万一生命就在现在的某个时候突然消失的后果，想到了要给妻儿朋友告个别什么的。

我每隔一两分钟就按一次应急铃，老彭就在电话里安慰我一次。当恐惧再次袭来的时候，电梯里的灯亮了，紧接着是轰轰的声音，电梯开始运行，几秒钟后，门打开了。我迫不及待地要走出电梯。

"没事了！刚才突然停电了。你不用出来，电梯可以运行了！"电工和门卫笑吟吟地站在电梯门口。

我还在犹豫，门卫突然跳进电梯说："不用怕，我送你上去！"

随着电梯的门再次缓缓关上，我和门卫一起上行，也将恐惧关在了门外。

认真一点儿好

中午在一家饺子馆吃水饺，正碰上一位老者与年轻的老板娘理论。

"我要的是现包的饺子，你咋煮速冻的？"老者边吃边问。"是现包的啊，咋了？"老板娘走近老者。

"还现包的，皮子有这么硬吗？馅儿有这么硬吗？"

"真是现包的！不信你去灶台看看！"老板娘回应。

"可能是今天的面有问题，的确是刚才现包的。"一位老板模样的年轻人也走近老者。

"你把昨天剩下的冻了今天卖，味道一吃就晓得了！"老者将筷子放到还剩下一半饺子的盘子上，准备站起身来。

"那……我们重新给您煮！"老板娘的脸开始红了起来。

"算了，年轻人，做事还是认真一点儿好，做生意更要认真一点儿！"老者把钱放在桌上，带着一丝无奈，慢慢走下台阶。

回到童年

假如我再回到童年，定会再次陶醉在小路边的青草和花香里。就像那只蜜蜂，一年四季都在采蜜；又像那只蝴蝶，只在冬雪来临的日子停下飞舞的翅膀。

假如我再回到童年，定会把瓶中的盐开水分一半给我的小伙伴们。看着他们把硬得像石块的苞谷饼子掰开，然后牙齿与饼子碰撞，发出脆响。假如我的半瓶水流到他们的嘴里，他们的喉咙就不会总是咽着口水。

假如我再回到童年，定会凑齐一年的零花钱，让父亲给我买一双塑料凉鞋。如果那样，当我走上面对上千名学生的领奖台时，就不会光着踩满黄泥巴的脚丫子；如果那样，我就不会听见校长低声嘱咐教导主任，孩子的奖品除了钢笔和笔记本，还该奖励一双凉鞋。

假如我再回到童年，定会把书包紧紧绑在身上。即便那些鱼虾从河底跃上青石板，也不会啄走我的布满油腥味的书和本子。如果那样，我就不会眼睁睁看着那只大花鲢鱼将我的书包拖入水底；如果那样，我的小伙伴们就不会个个惊呆，我的哭声就不会从夕阳一直走进梦里。

假如我再回到童年，定会不再为了同桌的偶尔一次越过"三八线"，就用笔尖弄破她的鼻尖。如果那样，我就不会再因邻桌的偶尔一次考试抄了我的一道数学题而天天骂他是个"贼"；如果那样，我就不会再在半夜里从被窝爬出，跟着同学偷摘半树的青橘子来充饥。

假如我再回到童年，定会骑在牛背上把该背的课文背得滚瓜烂熟。如果那样，临到老师抽查的时候就不会只闻到一股牛粪味；如果那样，我定会在露水里行走，把裤脚挽起，好让阳光从我的脸一直照到我的脚。

假如我再回到童年，定会在月光下入梦，梦见星星，梦见妈妈，梦见她做的腊肉馍馍。如果那样，我将不再饥饿，不再担心妈妈天黑不回家；如果那样，我将依然快乐而幸福地跑着，跳着，然后慢慢地、不经意地长大。

我依然是个长不大的孩子

我越来越难以入睡，常常在半夜惊醒。要是母亲还在，她定会摇着蒲扇很快把我拂进梦里，我定会半夜从梦中笑醒。

我越来越寡言少语，常常为半句话急红脖子。要是母亲还在，她定会跟我有说不完的话——她汗涔涔的快乐和疲惫的享受，我定会抓起那些污言秽语，随意地丢散在风里。

我越来越沉沦和慵懒，常常眼花、嘴馋、胃泛酸。要是母亲还在，她定会用冷水给我洗脸，定会把那句"劲儿是使不完的"塞满我的耳朵。我定会盯住一地的青草，不让它一眨眼就枯黄；定会望着炊烟，看它袅袅升天，半空中定会滚落一串母亲烤熟的玉米。

我多想还是个孩子，多想母亲还是母亲。

如今，我依然是个长不大的孩子；而母亲，也成了一个十五岁的孩子。

扬
尘

从船到岸或者由岸上船

　　船，轻轻地靠了岸，不惊动熟睡的一丛芦苇。我从船上下来，船夫系紧缆绳，也走下船。船也就成了空船，孤独得更像一只空壳。

　　沿着河堤，可以直接上岸，上岸就可以通向笔直的马路和幢幢高楼。

　　那棵伸出千只手的树，是榕树。她无意中牵住了我的衣角，我的整个衣衫随之被扯落下来，接着就是我的皮肤从后背褪落下去。

　　我的脸开始发烫，然后发麻，然后整个脸皮随之被扯下，露出我深深的瞳孔，混浊的眼珠，灰红的舌头，木炭一般的牙齿。

　　我很渴，是焦渴。抬头望见桂树，树缝间有一滴正在滚落的露珠。我刚一张口，那露珠就顺势掉入我的口中。像毒药一般，我顿时被一种东西完全控制，像酒后的汽车，连闯红灯，却无法停下。我横穿街道，横过马路，不断有车和人从我身上走过，我既不疼痛，也不欢悦。

　　一只麻雀，叽叽喳喳，喳喳叽叽。我捡起她的羽毛，她说，这是她掉的第三十七根，每掉一根，她就接近死亡一寸。我说，把死亡都给我吧，以待来世的重生。

　　几声喇叭，是一个车队开道喇叭的叫声——我的第六感很讨厌的那种声音。于是，我就像一只根本不懂交通规则的狗一样，挡在车队前面的斑马线上。那个戴墨镜的司机大声吼我，我们很忙，赶快让让！我看了看自己的表情，似乎无所事事。

　　一阵风来了，是带着寒气的春风，我想她把我带走；一阵风走了，我又想她把我吹回原来的地方。

　　风说："这没办法，我也是被另外的风吹着！"

酒　驾

　　三月某日，夜幕下，小区门口。

　　一辆宝马车歪歪斜斜地驶过小巷，突然加速，从街道右边驶向左边，狠狠撞上一辆迎面停着的大众车。一声巨响之后，宝马车反弹回来，斜插到右边街道，再次撞到一棵梧桐树，慢慢停下来。

　　从驾驶室走出一个同样歪歪斜斜的年轻影子，叼着一支烟，右边腋下夹着一个手提皮包。他扭到宝马车的左车头，用手摸摸，骂道："倒霉，啥时候遭哪个瞎子撞了？"然后遥控锁上车门，准备走到街对面的导向茶楼。

　　听到几声剧烈的撞击声，街道两旁和小区门口已经围了不少的人，大家议论纷纷。

　　"请出示你的驾驶证。"巡逻的两位交警走到小伙子面前。

　　"啥事情？"小伙子有些不屑。

　　"同志，你撞车了。"年轻的警察说。

　　"啥？到底是哪个撞哪个？"小伙子有些火了。

　　"是你撞了人家那车！"人群里传出声音。

　　"就撞了车嘛！我，我……"

　　"你有可能是酒后驾车，请出示驾驶证。"年纪大的警察随手拿出酒精测试仪。

　　"我没驾驶证，我……驾驶证没带！"小伙子醉得不轻，"你还测，测啥？瓜娃子！"

　　"你不要骂人！"人群有些骚动。

　　"骂人又咋了？不就撞车嘛，我……有的是钱，赔……赔多少？

你……出个价。"小伙子从折叠式皮包里掏出一大沓百元钞票，随手扬扬。

"我们要按程序处理。"警察提醒小伙子。

"太嚣张了！你有好多钱？"从人群中忽然走出一个与他年龄相当的小伙子，用一沓钱径直砸向他。

"你，你……"

"我？我是黑娃子，不认识？你那几个钱，顶个屁！"说着就动手去抓对方的衣领，"你个瓜娃子，警察在处理事情，你在这儿嚎啥？"

"不要打架，我们还要处理事故呢。"年长的警察急了。

"兄弟，松手，他是喝了酒的！"年轻的警察赶忙去拉开两人。

"酒有啥稀奇，我也喝了的！"自称黑娃子的小伙子大声说。

"你没开车吧？"警察有些警觉起来。

"开了，停在那儿的！"黑娃子指了指停在宝马车旁的一辆黑色皮卡说，"我刚从工地上赶回来！"

警察一脸无奈，赶紧用手持机喊话："我是〇九，我是〇九，无源小区附近发生两起交通事故，请求支援！请求支援！"

拆

星期一，后勤服务中心强主任一上班就被局长叫进办公室。

"你胆子不小啊！单位的房子说拆就拆？"局长劈头盖脸朝强主任一顿质问。

"拆？拆哪儿的房子？我，我……"

"你还假装不知道？大红的'拆'字已经贴上墙了！"局长猛呷一口烫茶。

"那，那是……不是，你听我说……"

"我不听你解释，赶紧把那些'拆'字给我拆了。不然我就把你撤了！拆房子这么大的事情是你一个人就能决定的？"

"不能，千万不能拆，我是说'拆'字千万不能拆，局长。"

"咋回事？我的话你也不听了？"局长从老板椅上一跃而起。

"我是在给单位节约钱，省了不少的钱呢！"强主任走到局长座位旁，伸手去给他杯子里添水。

局长将强主任的手轻轻推了一下说："你，你给我说清楚，到底咋回事？"

"上周全省城乡综合治理验收检查，市上要求我们办公楼一楼的一排七八个卷帘门都必须换成玻璃门，空调外机必须换上统一的木头框框。我估算了一下，至少要两三万元才能搞定。"强主任慢腾腾地给局长解释。

"所以你就想出这个主意？"局长脸上开始阴转晴。

强主任顺势掏出一根烟，递给局长，又给点上，自己也猛抽两口烟继续说："领导，单位不是资金困难嘛，我是想给单位节约钱呢。"

"你这招好使不？"

"好使！我这'拆'字一贴，人家检查组的根本就没往我们这儿来啊！"强主任有些得意起来。

　　"那就不拆，不拆！但是，你的后勤主任要撤！"局长也猛吸一口烟说，"机关党委书记升调研员了，让你去干如何？"

　　"撤，要撤！拆，好！"强主任的脸一阵红。

关乎道德

方便房

老王最近到处托申二找出租的房子。

"你不是有两套房子吗？要租给别人用？"申二没弄懂老王是要把自己的房子租出去还是自己要租房子。

"房子是有两套，一套给了儿子儿媳住，另一套自己住。"

"那咋还要租房子？是不是准备开个家庭麻将馆啥的？"申二疑惑起来。

"不是。我自己住的那套房子的小区，已经列入政府棚户区改造了，马上就要拆迁了。"

"那拆了还不是要给你们面积一样大的房子？"

"是啊，那总要有个过渡期嘛，所以不是没房子住吗？"

"不对呀，那你不可以住到儿子那里吗？"

"不行呢，儿媳不让跟他们住，说住起来不方便的，儿子哪拗得过她呢？"

"自己租房住方便些，省得看人家脸色，懒得找气恼。"老王说得还算轻松。

深　井

那天晚上，申二一个人在家看电视，剧里说南方某地某年连续几个月干旱。乡亲们的稻田大都干枯，眼看无药可救。唯有一户人家的一亩稻田长势喜人，正努力地抽穗。原来他家的稻田里有一股地下水汩汩地流着，灌溉他的一亩稻田绰绰有余。

某日清晨，这户人家的男人带上老婆，挥刀割去自己的一亩抽穗的稻子，又运来打井设备。他说要在那股地下水源处打井，灌溉更多的稻田。在乡亲们的帮忙下，深井很快打成。乡亲们看着一天天由黄返青的稻田，心有不安地对男人说："你损失了一亩地，救活了我们一百五十亩的稻子，我们每户赔你一亩的稻子。"男人急了，说："照这样算，我可以得到十几亩的收成呢。我不是做生意的，更不想做这种生意！"

出　名

午夜，申二在出差的宾馆看到一则报道，就忍不住给远在千里之外的老婆打了个电话，不想她的电话关机了。

那则报道说，一农民歌手因为参加综艺节目"我要上春晚"出了名，名气还不小，于是麻烦来了——各种应酬应接不暇，天天奔波在外。

老婆有意见了，总是在给家里的一头母猪喂食或者挤完一大桶牛奶后给歌手打电话，有时候一天打十来个，一打就是几十分钟。歌手说，也难怪他老婆不放心，以前是天天可以搂着老婆睡觉到天亮，去年变成半个月才回家一次，现在三个月也见不到自己的人影了。

申二真为歌手的夫妻关系捏一把汗。

歌手又说，但自己不像某些歌星、影星，一出名就乱来，跟一些女子鬼混，然后离了婚。

"金窝银窝，不如咱的狗窝！"歌手哭了，他说想通过媒体给老婆带个话，如今外面真的不好混，自己上了春晚就回家，决不等到天亮。

申二的醉事

移动公司都知道了

申二醉了斜躺在KTV软绵绵的红沙发上，电话突然响了。他眯缝着小眼睛一瞅，一下子端坐起来——是老婆的电话。

他赶紧叫来服务员说："你来接，就说我喝醉了，没法接电话！"

年轻的女服务员拿过电话，走到点歌的电脑旁，将音量调到最低后轻声细语地对着电话说："对不起，您拨打的电话机主，因喝醉酒无法接听，您的电话已转移到全球呼，请稍后再拨！"

晚上一进门，申二的老婆便劈头盖脸对他说："你现在可以啊，喝醉酒连移动公司都知道了！"

地方已经联系

申二一个人向家的方向走，身子很轻，脚步很重，影子歪歪斜斜。就在银海湾拐角处，迎面而来一个猛汉，双手抱住申二。

"兄弟，十年不见了！……走，我请你洗脚！地方我都联系好了！"

申二一脸茫然："兄弟，您是不是认错人了？"

猛汉的酒顿时清醒了大半。

失 忆

　　滑下餐桌，走出餐厅，打的，进屋，从晚上十点到第二日早上八点，申二怎么也想不起来发生了什么事情。

　　"你昨晚真醉了！"一个朋友说，"我来扶你，你却推我一掌，把我的肩膀都弄疼了！"

　　申二说："真对不住了。"

　　"你啊，铁钳一样握住女同学的手，不停地说了五分钟话，人家想挣脱你的手都不行！"

　　"失态了，让同学们笑话！"申二的脸有些微红。

　　"我要付的士费，你整死不肯，给了师傅十块钱，还不让他找三块零钱！"

　　申二又一阵云里雾里。

凡事都是从第一次开始

　　我到通达文印部去装订资料，正赶上某个工程要开招标会，文印部赶着做几家公司的标书。老板娘看着我手里薄薄的文件袋，就招呼一个十八九岁的小伙子接待我。

　　那个小伙子接过我的袋子，拿出资料，手有些发抖。"我要装成32开的，像一本书那样。"我告诉他。"那……我没装过这样的东西！"小伙子的脸开始红起来。

　　"有啥不会的？就跟16开的一样！"一个年轻的女子边整理标书边大声对小伙子说。

　　"不是，我怕弄错了。我来这里不到一周，这种的确没装过！"小伙子低声对我说，然后小心翼翼地将几十页文件资料排列整齐，放进胶干机，又把印好的资料封面放到机器另一头，轻轻按动按钮，只见沾满胶水的纸张慢慢滑到封面的一头。

　　"弄对了，真神奇！你看！"小伙子拿起热乎乎的资料册，手还在发抖。

　　"凡事都是从第一次开始的！"我从小伙子的手里接过那本薄薄的资料，也激动不已。

　　"小胡就是聪明，一教就会！"老板娘走过来看看我手里的资料册。

　　小伙子的脸更红了，但充满了笑和感激。

她让我不得不做个好男人

小伙子二十来岁，扛着一个铁制脚手架，风一样走进我的办公室。

"请把桌上的东西收拾一下，免得给您弄脏了！"他边放架子边对我说。

"灯原先没固定好，现在要重新固定。"他指指天花板上的日光灯，准备工作。

"不急，来，先抽根烟。"我笑笑，就去给他找烟。

他连忙摆摆手说："不抽，不拿！"

"喝水不？"我又问。

"不渴，不喝。"他已经将脚手架搬上了办公桌，再次摇头摆手。

"那您喝酒不？"我故意跟他开玩笑。

"我既不抽烟也不喝酒。"他回答得很肯定。

"那你做个男人，就少了两大爱好啊！"我笑起来。

"我更不打牌。"他补充。

"那唱歌不？耍妹妹不？"我再次逗他。

"哥哥，你说的那些，我都不会，也绝对不敢那样！"他表情严肃地回答我。

"那你不愧是好男人呢！"

"是我老婆让我不得不做个好男人。"

"这是为何？"我有些疑惑。

"我一个农村的娃儿，没读多少书，找个大学生老婆，而且人又漂亮，我知足了！哪敢对人家不好？"他取出含在嘴里的两颗螺丝钉很认真地向我讲述他的老婆和家庭。

"她老家是山西那边的，家境也好，人生地不熟地嫁到我这里，我只有对她好，才对得起她！"

　　"那你要好好挣钱养她呢！"

　　"她哪里需要我养，她在一家私人学校教英语，工资养活自己完全没问题。我要挣钱在城里买房子，买车，让她过上好日子！"小伙子边说边让我打开开关，灰暗的屋里顿时灯火通明。

　　我看见他一张年轻的脸———一张被汗水浸泡的脸，红得像昨夜老婆刚刚从淘菜盆里洗出来的苹果。

不是我偷的，我也没抢

　　昨夜与妻儿散步回来，在一条街道的拐角处，昏黄的灯光下，我看到了一位乞讨的老者。

　　走近了才发现，在他蹲坐的地上，堆放着一堆大大小小的钞票，他正把它们一张张铺平叠齐。

　　见我的脚步放慢，他慢慢抬起头来，是一张六十来岁的满脸络腮胡须和深深皱纹的脸。他先是一惊，然后扬一扬手里的一张十元钞票笑笑，对我说："不是我偷的，我也没抢。"

　　因为妻儿还落在后面，我就顺势停下脚步，站在他斜对面不远处的一棵树下看他。我仔细看了看那一堆花花绿绿的钞票，有一角、五角的，也有十元、二十元的，还有两张五十元的大钞，没见红红的一百元的，估计他早已藏进了口袋，也许根本就没要到过。我估算了一下，有一百多元。他将那些钞票按面值大小捋好一沓，然后用手指蘸点口水，再一张张数一数，叠好，放进一个黑色的塑料袋里，扎紧，最后揣进外衣的内侧口袋，压了压，再进行下一个动作。见我立在那里看他，他又抬眼看看我说："这些都是我要来的哈！"

　　我怕他误会，赶紧说："赶紧揣好，黑灯瞎火的，怕不安全呢！"

　　他不再理会我，只专注地数钱。我只好等妻儿跟上来后，慢慢移开脚步。

　　"看见那个乞讨的没？"妻儿问我。

　　"他还在那儿数钱呢，一大堆呢！"女儿说。

　　"人家是要来的，没偷没抢的！"我说。

　　"哪是那个意思，我是怕他在那里数钱，人家要抢了他的。"女儿又回头看了看他。

　　"就是，我就听说上次几个'耍娃'专门抢乞讨者的钱呢，人家辛苦一天要的钱，晚上却被他们抢了，怪可怜的！"妻子说，"要不回头再去跟他说说，让他赶紧装好走人！"

　　于是我转回身去，刚走几步，却发现他站起了身。我走近，他还在低头看着地面，估计是在看地上还有没有未被装进口袋的钞票。

　　猛一抬头，他再次发现了我。

　　"没有了……我没得钱。"他满脸惊恐地说着话，斜着身子很快溜向大街，消失在我的视线里。

不要怪老太婆话多

　　我的车还未停稳，一位穿黄背心的老太婆急匆匆地走过来，敲了敲我的车窗。

　　我心想，是不是来收停车费的？故意放慢了下车的速度。不想老太婆又敲了敲窗户。

　　我急了，摇下车窗玻璃问："你啥事？这里也要收费？没有画停车线啊？"

　　"这里不要再停车了！"她大声说。

　　"咋了？"我说，"这里停车你也管啊？"

　　"不是。刚才那车被贴单子了。他们说这地方不能停车！"

　　我凑到那辆银灰色的别克轿车前，果然看见在雨刮器的下面压着一张违章停车罚款单。我想，这地方一直允许停车的，也没见禁止停车的提示牌，明明昨天晚上还停了不少的车，咋说不能停就不能停了？

　　"也是啊！你说修得这么宽的路咋没法停车呢？"老太婆唠叨起来。

　　"贴单子的呢？咋没见人？我想当面问问！"我对老太婆说。

　　"他们一来就贴，贴了单子就走，跑得比兔子还快！"老太婆还在唠叨。

　　"谢谢您的提醒。"我换了一副脸色。

　　"不要怪我老太婆话多，我是怕你也遭罚款的！"老太婆走过我的车前，还有些歉意，似乎是与我说话浪费了我的时间。

昏　头

　　中午，朋友邀约在一小馆子小聚。等了大约半小时后，一位中年妇女端上来一盘青椒炒豆腐干。

　　"我们没点这个，我们要的是青椒回锅肉！"朋友将脸凑近盘子仔细看了看。

　　"搞错了，是四号桌的。"中年妇女赶忙跑过来。

　　"我们是三号桌呢！"朋友再次提醒。

　　又等了几分钟，回锅肉来了。我们赶紧动筷，味道不错，朋友连声称赞。接着又上来一盘清炒莴笋叶，我们就着枸杞酒，吃得津津有味。然后是菌子烧肥肠、炒萝卜丝，还点了个紫菜蛋花汤——典型的"四菜一汤"。正喝着酒，那位中年妇女又端上一盘回锅肉准备放在我们的桌上。

　　"他们有了！"她嘀咕，很快端到另一桌。

　　我仔细看看那盘回锅肉，那才是真正的青椒回锅肉，我们先前吃的那盘是尖椒回锅肉。

　　"她绝对端错了！"朋友抱怨说，"难怪这辣椒怪辣的！"

　　"昏了！"另一位朋友大声说，"你看，给我们弄个漏勺咋喝汤？"

　　"你昏头了？"老板走过来大声呵斥那位中年妇女。

　　"不是……我昨晚一晚都没睡，'屋里头'（丈夫）住院了！"中年妇女的声音很低很低。

爹的二三事

一

那日我去凉面馆吃早饭，到的时候，队伍已经排到门口了。一位七十岁上下的老大爷静坐在靠里拐角的塑料凳子上，面带微笑。当我等到凉面挨着他坐下，却见他还未开吃。依着顺序，他也该在我的前面吃到凉面才对，咋回事？我心里嘀咕，想提醒那个服务员，但见老者依然微笑。

等到我吃完付钱的时候，却见老板娘亲自端出一碗凉面和一碗稀饭放到老者的面前。

"爹，快吃！"老板娘边说边用围裙擦着一双油手。

"爹不忙。把爹放在最后，没意见！"老者端过碗，再次确定屋里没有在等的顾客后，才慢慢握住了筷子。

我虚惊一场。

二

中午回家，我听见父亲弯着腰在阳台自言自语。走近一看，发现他把放在客厅、室内的十来盆花都搬到了阳台。

"你是要干啥？"我疑惑。

父亲不看我，只顾为一株棕榈翻土。

"有些花属阴性植物，晒不得太阳呢！"我说。

"是啥，都需得太阳！"父亲抬头看我。

"那恐怕要被晒死的！"我扶住一盆绿萝说。

"笨人，哪有花和树被太阳晒死的？如果有，那也是缺水干死的！"父亲把手从盆子里捞出来，给那些树和花不停地洒水。

三

"儿子要结婚了，咋办？"老付一进门就对我诉苦。

"那是好事情啊！"我赶紧给他倒水。

"啥好事啊，四十岁了才娶媳妇！"

我怔了一下，老付又说："他问我要一万元，我一分钱存款都没得，还要赡养八十岁的老母亲！"

"也没有啥规定说儿子结婚父母一定得给一万元……"我开导老付。

"话是那么说。但那小东西说得更难听，他说'老汉没本事，儿子结婚就不管'，我听了心里难受，想找亲戚朋友借些，给他凑够那个数。"老付边说边低下了头，好像真做了什么亏心事。

"所以今天来，就是想找你们给我解决一下困难。"老付又站起身来，我看见他的背似乎更驼了些。

"困难是该解决，但作为子女的不能'有奶便是娘，无钱不认爹'吧？"

"哎，我谢谢你们了，只要给他弄够一万元，把婚结了，才算完了一件事情，他认不认我，管不管我，我都认了！"老付的眼里一半失望，一半希望。

风

　　昨天的风，像一只钝刀割着手腕。蚀骨的痛，浸满霜雪的味道。

　　晚上十点半，走在从办公室回家的路上。行人几乎不在街上，的士迟缓地游走，落光了叶子的梧桐，枝条在霓虹中摇晃。

　　似乎要冻死一些，冻睡一些，冻醒一些。

　　拐角处，身着棉大衣的环卫老大妈还在扫街。一扫帚过去，风又扫回来。她不厌其烦地反复了五六次，才把纸屑和塑料袋装进撮箕。

　　我轻声对她说，有风在扫，就让它帮你扫了吧！大妈严肃地答道，风？它扫得哪有我扫得干净？

荒芜，一如河滩

昨日散步，看见搁浅的秋水。河道上裸露出沾满泥土的鹅卵石，丛丛秋草泛黄，河滩一片荒芜。

已有近一个月的时间，没有像这样随着夕阳散步。才发现滨河路上的行人少了许多，仅存的两三个，早已穿上了秋衣。

河对岸，那个使人呼吸均匀的湿地公园，已经沉静了许多。凉亭、廊桥、石堤仿佛又长高了不少。

柳树脚步慵懒，桂树还在散开芳香。

南山上，几种红的野果早已成熟了吧？上山的台阶，许是长满青苔了吧？林中的蝉，怕是鸣得喉咙嘶哑了吧？那横路的爬山虎，定会躲成一堆枯叶了吧？半山堰塘旁的那只小黄狗，没有蝴蝶可追，一定很是寂寞了吧？

近来日日困守斗室，混迹"场合"，差点辨不清月光与阳光的颜色了。老父亲在电话里说，今年的稻子已经收了。我说，稻子收了，就不忙了吧？父亲说，可不能让稻子收了田就荒了，得赶紧排水，晒田，深耕，准备种下季的小麦。

我的稻田，似乎荒芜了许久，一如这秋草之后的荒芜，不晓得明春还有多少新草可以探出头来。

与花无关

甲说，那阵子我要上正职，特意买了一盆"鸿运当头"，几个月就死掉了。当年果然被人家挤兑，没上去！

乙说，我花了两百元购得一株栀子，几十个花骨朵鼓起，还没开花，树枝就萎了。不久，一个情人就找到我老婆大吵一场。

丙说，发财树不好养啊。我以前一养就蔫，一直没有生意。上年我干脆弄了棵塑料的，天天都看到它长得旺盛，生意也一下子上去了，天天赚票子。

丁说，你们说的这些都与花有关？

甲、乙、丙全都愕然。

算　账

　　腊月二十八，伟民的羊肉烩馍馆子依然火爆。正式批准两个伙计放假后，伟民有些后悔了。打电话过去问，伙计说一早就踏上返回兰州的火车了。伟民既忙着招呼客人，又收钱、找钱，还兼收碗筷、擦桌子。老婆与两个中年妇女在厨房里忙得满头大汗。

　　"快点儿，老板，我们还要去赶车呢！"不断有人边搓手边催促伟民。

　　"来了，请稍坐！"伟民应承每一位从飞雪里走进馆子的客人。

　　伟民的馆子不大，就四张条桌，也不当道，但味道不错，平时生意就好，今天更显得拥挤。到哪儿去找个人帮帮忙呢？伟民正在嘀咕，不想高一的女儿出现在面前。

　　"你不在家看书、写作业，跑这儿做啥？"

　　"我要两小碗，多粉少馍！"女儿没有回答父亲的话，穿过三个客人，径自来到厨房门前。

　　"你也来赶热闹，等会儿！"伟民伸手去拉女儿说，"过来帮忙捡碗！"

　　"凭啥？我带我同学专门过来吃烩馍！"

　　伟民这才发现女儿身后跟着一个与她一般大小的女孩子，赶紧打招呼。

　　"没事，我们等会儿！"那女孩子说着话就去帮忙收拾刚走的客人留下的油碗。

　　"放下，放下，我是让她捡碗！"伟民一下子蹿到那女孩子身旁制止。

"那我们给你打工，价钱咋说呢？"女儿两手插在裤兜说话了。

"好说，好说！"伟民仿佛捡到了救命稻草。

"捡碗，擦桌，收钱，洗碗，要一次次分开算！"女儿边说边开始动手干活了。她那同学看看她，笑出声来。

"这样算账，那你就亏了，女孩！"坐在里桌一位老者摘下沾满雾气的眼镜说。

"咋亏了呢？"伟民的女儿问。伟民也莫名其妙地望着老者。

老者慢腾腾地说："你爸爸供给你吃穿，供你读书，也要一顿一顿地算，一次一次地算，一天一天地算，你还得起不？"

"就是，我们给你打工，也该那样算！"伟民老婆从里屋端出两碗热气腾腾的羊肉烩馍递给女儿和她同学，声音充满整个馆子。

遭遇低碳

申二找了个靠近门口的位置坐下，要了一个回锅肉，一碗白米饭，独自吃起来。不知是回锅肉的油水太少，还是米饭太硬，申二被噎住了，足足半分钟。

"老板，再来一碗西红柿鸡蛋汤！"

"好呢！"胖胖的老板娘赶紧回应。

"老板，还有位置不？"是个女声。申二抬眼一看，进来一位美女，穿着粉色的纱裙。

"有，有，来坐这里，这儿一个人！"老板娘指指申二坐的那张桌子。

美女瞟了瞟申二，还在犹豫。

"现在吃饭的人多呢，将就坐坐嘛！"老板娘又开了腔。

美女还是有些不情愿地对着申二坐下，点了青椒肉丝和西红柿鸡蛋汤，然后开始玩起手机游戏。

"菜来了！"

"这么快？"美女看了看冒着热气的青椒肉丝，遗憾地关掉手机上正热闹的游戏，抽出筷子，准备开吃。

"有一次性筷子不？"她突然问话。

"有，我这就给你拿！"

接过"卫生筷"，美女慢慢吃起来，顺便斜眼瞟瞟申二，不想与申二的眼睛相遇在桌子的中央。

"汤来了！"

"这么大一碗？"美女看着那一大碗汤，傻了眼。

"这是他的！"老板对着申二说。

"有小份不？"美女小声问。

"都是这么大的碗！"老板娘很干脆。

"我的汤还没做吧？"

"已经下锅了！原来你也点的这个汤！那……你们一起喝算了，反正他还未动筷子，我给你们一人一半，不就是小份的了？"老板娘说着就去端那碗。

申二和美女面面相觑，一时语塞。

"不能浪费，我也省事情！"炒菜的师傅从里间大声说。

"也对，节约资源嘛！"

"现在政府不是在发展低碳经济吗？提倡合乘出租车，少用一度电，你这是在以实际行动支持低碳！"申二对老板娘笑笑。

老板娘再看看美女，美女轻轻点点头，认真地嚼着几根青椒，也笑笑。

雨

  燥热了许久，等待了许久的雨，终于落到地上。

  先是有人抱怨，咋这么热啊？怕是掉进了一口热锅了！是下雨的前兆，有人很有经验地告知。咋还不下雨啊？又过了几天，有人开始抱怨。天气预报都说了，这几天要下暴雨呢！再等等，有人无奈地摇扇。是不是天气预报不准啊，咋光打雷不见雨？有人又怀疑起天气预报来。防洪警报都发了，那还有假？有人肯定的语气越来越弱。到底好久下？有人直接打电话质问气象台台长了。台长不在，气象发言人说，按照测定，是要下雨，但是预报不是实报，哪敢说百分之百准确？那就再等等吧，只好如此了，受不了也要先受着！明天再这样热，必须要泡进游泳池了，有人翻出去年的泳衣，打足救生圈的气，一切准备就绪，只等明日下水，似乎不再在乎下不下雨的事情了。

  就在昨夜，雨不知不觉地下了下来，越下越大，越下越猛，直到积水成河，直到半夜里的凉气掀开好久未碰面的棉被。

  这就是雨，让人捉摸不定的川北山村的雨。

灵光一现

所思、所想、所悟、所语，全在灵光一现。

——题记

新的一天

新的一天，新的一年。多么美好，多么灿烂。

前行

踏步走，快步行。冬在前，春在后。

履新

周一早饭的时候，不见了他。他们说，他已到县区了。上周五还在食堂相见，周六就履新了。

老去

故乡正在老去。她有时缩成一团，有时步履蹒跚，有时上气不接下气。

寒气

小寒一过，天气晴；大寒一过，空气醒。

那棵树

多么潇洒的那棵树，多么帅气的那棵树，赤身立在寒风里。

余生

时光，岁月，年龄，快乐，都在慢慢消逝。仍需奋斗，只剩奋斗；仍需拼搏，只有拼搏。

背叛

有时候看起来是背叛，其实是最好的忠诚。

美好的一天

参加三个会：工作会，培训会，作家协会迎春座谈会。女儿放假回来了。

羡慕

早起，早安。永远不要羡慕别人的生活，因为那只是别人的生活。

磨

磨在转动，有水。朝圣者、寄托者和观望者，看见山和雪，可以攀登，可以滑行。

自己

应该写一些字，或者说一些话，然后自己对照，总是自己管自己的好。

龙池的天空

龙池——广元市利州区三堆镇一个小山村。隆冬，幸至走访慰问农户，遇见阳光下的龙池：蓝，无一丝杂色；净，像洗过三五遍；亮，似婴儿的目光。天空下，有鸟飞翔，有人在用心流汗。树在长大，房屋在立起，幸福从山顶一路延伸至村外。

表情

我是一个用表情书写内心的人，所以有时候很真实，不假装，无意中触碰了别人的脚步。

写诗
诗要像诗，人要像人；诗要认真，人要认真。

春雨
立春，喜雨，天降祥瑞。花在蕊中，只待开放。请在樱花树下等我，我们一起看她的盛开。

在花开的乡下遇见你
这个春天，在梦里，回到乡下。在花开的乡下，遇见你，还遇见一只蜜蜂。你在一棵杏树下，树干一半伸进屋里，一半开放在阳光里。

惊蛰
你醒了吗？你还要睡吗？你要开放了吗？你还在孕育吗？你在奔跑吗？你还要停步吗？轻轻的响动，留一路花香，留一地青草。

学
学就学一棵大树，枝有多高，根就有多深。不像岩上一株草，根浅如张纸，叶像一蒲团，风一吹，就被连根拔起，跌入岩下。

评委
又当一回评委，其实只是一个特殊的观众而已。细心聆听，用心感受，像表演者一样认真，像创作者一样用情。

选择
面前几条路，怎么选择？关键是能不能让你选择，重要的是能不能遵从内心来选择。有时候看起来有几条路，其实选择权在别人手里，其实人家早已确定了你要走的路。你的选择只是一种摆设和象征。该干啥干啥，洗洗睡吧。

感觉

现在看来，离死亡忽远忽近。日过正午影子斜，人到中年一事忙，事事休。他很在乎，很介意，实际上与我没有半点儿关系。之所以要更排场，只是为了掩饰某种东西。越是堂皇，越是简单。

鸟

阳光下，一只鸟停在一株银杏的枝头。你干啥呢，来得这么早？银杏轻轻地动了一下芽孢说。我只是来看看，春天走到哪里了，鸟说。银杏再伸了伸脖子，又一截嫩叶冒出头来。

开会

人在云上，云在人上；云在游走，人在端坐。

知乎

近山知鸟音，近水识鱼性。走近了，你便可了解其人其事；处久了，你便可与之交心、换心。愿相逢是幸事，愿共事是乐事。

释放

情郁于中，自然要发之于外。月满则亏，水满则溢。要释放的，必是身体之需，心理之需。

回头如来

无所从来，亦无所去，是为如来；无所回来，亦无回去，是为回头。

宣传的功效

宣传出成绩，出战斗力，可避免"顶起对窝耍狮子——费力不讨好"之嫌，起到事半功倍之效。

招呼

我见他走过来，向他问好。他稍微放慢脚步，对我点头，微笑，算是招呼了我。我赶紧缩回伸出去的右手。

衰老的标志

一坐就睡，上床就醒；喝水下流，撒尿湿脚。忘了昨天的事，记得几年前的事。开始回忆，迷惘明天。

时运

春分之后，春才开始。阳光还烈，只待黄昏。乘风沐雨，只当洗魂。或立或坐，无目无耳。岁月急躁，只需静好。

春回

牡丹花又开，恰似故人来。我把春天留在相机里，却不知春天把我留在哪里。我把春天写在岁月里，却不知春天把我写在哪里。我把春天刻在心里，却不知春天把我刻在哪里。一阵风过，带来春天的话。春天说，与我不分离。

小记

正平小记的记："好友送书，情深义重。几天前，他就给我打电话，问我是否在办公室，送我本书。还说，那天去逛书店，看到这本书不错，就买了，知道我也喜欢，便买了两本。那天不巧，我下乡去朝天印坪村了。回来后，我给他打电话，说今天在办公室。他回答，正忙着赶一个材料，急用。我说，不急，啥时方便都行。今天他来政府楼上办事，并把书亲自送给我，我却又出去开会了，未见上面。书放在隔壁办公室。会议结束，我拿到了书，甚是感激。人情送书，算是最要好的朋友。这情，我收下了！"

放慢脚步

放慢脚步，在三月最后几天，或是二月的最后一天，你就可以完整地听一句广场舞的歌词，你就可以瞄见红衣女子一个完整的舞姿；放慢脚步，在太阳刚刚露出余晖，霓虹灯刚刚走出家门时，你就可以听见风说话的声音，你就可以听见风走过满树樱花的脚步声；放慢脚步，在广场本就不多的人影散去之后，你就可以听见心跳的声音，你就可以听见肺的一张一翕的声音。

爱

一定要在时间的深处，默默爱一个人；一定有一个人，在时间的深处默默地爱你。

感情

她戴上口罩的样子，很美；她摘下口罩的样子，更美。她说，对工作，对事业，要有感情。她很投入，很有感情。我也将越来越有感情。

突然的相见

某一天，在城市的某一个角落，突然就见到了你——是缘分安排我们相见，还是缘分选择我们相见？当你突然离开某个岗位，或者当你熟悉的人突然离开某个岗位，你会感到曾经没有好好相见。

静水东流

静水东流，源北向西，自西向东，自东向南。洗我心肺，净我魂灵，护两三只鱼虾，正如佑我。

钥匙

那串钥匙共有三把，不知是不是一把开过去，一把开现在，一把开将来？钥匙上有鸟屎，但是不臭。又一梦。

他们

他们高高在上，总以为别人不行，自己很牛。我不怕与他们不熟，我主动把自己放进去，我也建一个小圈子把他们圈进来，我自己建造楼梯往上走，我看见他们也有不是和不适，还有老鼠一般的动作。我还是我，他们也是我。

有毒

有时口中有毒，说出的话伤害了人；有时候眼睛有毒，把人看扁了，甚至把人看进了监狱。

开始的地方

母亲是文学开始的地方，文学是梦开始的地方。

留守

一个人，一幢房，一堆火，一盅酒，一餐饭，一条狗，一只猫——一个农村留守老人的真实生活。

清明雨上

清明的雨，洗尘，洗心。她屋前的旱莲花晶莹滴露，她屋旁的黄荆树新枝勃发。

夜

春江花月夜，夜深沉。水流，水走；花开，花落；月醉，夜醉；人走，曲留。

菜油

陶野老师昨夜说："好久把油给你。我那个表弟过春节，突然想起来答谢你那年帮忙，送了一桶自家榨的菜油来。估计你回老家过年了，就搁我这里的。后来，这事就搁下了。"我说，心意收下了，油就不动地方了。不想今天一早，他突然在我家楼下的茶楼给我打电话说，油已给带过来了，麻烦下来取一下。我一再推辞。他说，人家的一点儿心意，还是收了的好。我赶紧下楼，从他手中接过沉甸甸的油壶，也接过一份沉甸甸的诚意。

多么灿烂的一天

今天心情很好，我要跳跃，我要奔跑，阳光说。多么灿烂的一天，正好安放疲惫，正好读几页书。

戏场

穿什么衣服，走什么步伐，说什么台词；谁敲锣，谁打鼓，谁帮腔；

什么时候谁上，什么时候谁下……都被排练，都被导演，按部就班。

离去
他悄无声息地离去，正如他悄无声息地来到我的世界。他说，要一起喝酒，一起吃饭，一起快乐。昨天他说的话，今天就熟了，像一枚早熟的樱桃，一下子掉到了地上。

一只飞虫的命运
一只飞虫，放着大好空间不飞，偏偏飞进了一只眼睛里。眼睛一闭一揉，它顿时丧命。有些人也一样。

规划
在地里"写字"，需要诚心；为子孙写字，更需要真心。

幽梦
月有一帘幽梦，无从对太阳诉说；云有一帘幽梦，无从对鱼诉说；鸟有一帘幽梦，无从对人诉说；人有一帘幽梦，无从对心诉说。

叶子
叶子上，阳光在游走；阳光下，叶子在游走。我在哪里？你在哪里？云在天下，天在云下；风在地上，地在风上。昨天在哪里？今天在哪里？明天在哪里？

灵机一动
"有一天，你会遇到一个彩虹般绚烂的人，从此以后，其他人不过就是匆匆浮云。"浮云过后，方见彩虹。

醉
茶是烟的酒，一喝就醉，一醉就死；烟是酒的茶，一吸就醒，一醒就醉；酒是茶的烟，一饮就晕，一晕就散。

梦，多么近

"黑，暗，黑暗，黑暗无处不在却又无法亲近，我们啊我们，我们是睡在哪里都睡在夜里的亲人，我们是醒在哪里都醒在黑里的陌生人。"我宁愿闭上眼睛，因为可以看得更清。

生活

树在生长，人在生长；生活向前，生活有味。

笔记

"人这一生，会经历很多，总有一些人一些事，掩于岁月，匿于年华。不联系，不打扰，是彼此最好的见面，也是最好的结局。"有时候，见面不如不见，还是不打扰的好。

运气

有些人，一看就是要出事的。他没有出事，只是因为时间未到，或者他的运气暂时还不错。他出事，总是迟早的事。

四月八日

三个家：单位——工作之家，作家协会——心灵之家，家——身体之家。男人不喝酒了，腰杆也就不硬了，说话口气也小了。作为作家协会会员，不写文章，就像失恋了，看太阳也没有光芒了。四十又七，工龄二十五年，再过几年就可以退休了，在岗时间不多了。

泥土

泥土有味，是汗水的味道；混凝土有味，是金钱的味道。

不如

"难道我还不如你的手机？"我问女儿。"难道我还不如你的酒？"女儿问我。

家

何以安放疲惫？家。家是心灵的港湾，是桅杆重新升起的地方。

十二

十二月，十二生肖，十二时辰。相隔2008年的今日，已十二年。

一朵花

一朵花，在早上正艳。我问，你咋这么早就来了？它说，我昨夜已经开放，只待你早上的到来。

走走，看看，想想

有时候你想走的路，有人挡着；有时候你让别人走的路，他却空着。洗洗就睡，睡睡就起。饿了就吃，吃了就干。干就干好，好了更好。这边笑着迎哭声，那边哭着没有声。有人正在赴任，有人乌纱刚刚落地。这头涝得成灾，那头旱得冒烟。太阳落下去，月亮升起来；月亮落下去，太阳爬起来。花开了就谢，谢了就开。甜里生苦，苦里生甜。

无

没有。不存在。零。死亡。没看见。

标志

起床时间，大致可以判断一个人的年龄：八点还不醒，三十岁；七点半就醒，三十五岁；七点就醒，四十岁；六点半就醒，四十五岁。

无趣

有一天，你会突然觉得，很无趣很无趣的无趣。

万物有灵

今读贾平凹《万物有灵》，真的在陋室发现了有灵的它们，特存照记忆，大悦。忽又读到云兮的雁栖湖的云，甚感清爽。云好，莫非是为雁而栖的吗？

戴上眼镜

我忽然睡在了艳艳的夕阳里。咋一直戴着眼镜，难道看不见闭眼睛吗？女儿问。我是怕走在梦里的人不认识我，做个标识。我忽然醒来。

雨的脚

终于落雨了。父亲慢腾腾地从屋里走出来，看了看南边的山说，难，下起来难，雨脚都没得。果然不久，一阵风后，雨越来越小，到最后竟然不见了踪影。

喝雨

雨越下越大。雨中的农人步履缓慢，任凭雨落在头上、身上，偶尔抬起头，张大嘴巴，只是为了喝一口久违的雨。

大雨落

半夜，雷钝响，闪电亮，雨瓢泼而落。洗过街头尘垢，刷去空气暑热。流过乡村大地，庄稼张嘴猛烈呼吸，绿盛开在农人全身。

三件事

老头说，我一天三件事：吃饭，睡觉，等死。老太太说，我一天也三件事：买菜，煮饭，死等。

忘记

喝酒三忘记：忘记性别，忘记年龄，忘记职务。然后喝不醉。

旅游新体验

换个地方吃饭，换个地方睡觉，换个地方撒尿。

秋风

秋风沉醉的晚上，红裙子飘逸。

等待

等待，其实是最艰难的抉择！

戒骄戒躁

你永远相信，总有可替代你的人，总有人做得比你更好。你骄傲什么？你自满什么？你永远要相信，天不会塌下来，黑夜总要给白天让道，月亮总会给太阳让道。你急躁什么？你担忧什么？

水落石出

面对阳光，经受风雨。从原点开始，迈出新的水位。

善待

饭要一口一口地吃，事要一件一件地做。家人何故，你要苦脸相对？同事何故，你要怨声相对？他人何故，你要不满相对？

下一站停靠哪里

女儿三年高中生活接近尾声，还有三天就要高考。在校园行走三年的我，忽然对下一站行走的校园踌躇起来。大学那么多，总有可以进去的校园；世间那么长，总有一站可以停靠。

风筝

乘一阵风，从地上爬到半空；借一股线，从天上退回手里。风筝缠着梦，糊满希望，向上飞。累了，就一口气回到家。

辞职

辞去职务后，他打算做好"五个一"：一个会员，一个作者，一个服务员，一部好作品，一个好人。

野心

散文作家要向精品出发，要有野心。

淡淡的

淡淡的微笑，淡淡的忧伤，淡淡的迷惘，淡淡的快乐。

等待

某日到医院就诊，医院人声鼎沸。挂号排队十分钟，看医生排队十分钟，问诊两分钟，抽血排队十五分钟，心脏彩超排号三十三号，心电图排号四十七号，等候五十分钟，医生确诊一分钟。

牛

你就是传说中的牛，不吃文字不饱，不喝墨水不香，不见纸不会睡觉。

无声无息

有些爱本来就无声无息。比如，老婆出差前的早上，没有了牛奶。本来喝一盒，她却让买两盒，留下一盒没喝。晚上，丈夫加班到十二点回家，突然感到饿，赶紧寻吃，猛然看见早上买的牛奶还有一盒躺在餐桌上。加热，下肚，幸福瞬间涌遍全身。

路程

广元—汉中—西安—华山—洛阳龙门—郑州西—鹤壁东—邢台东—石家庄—定州东—天津西—天津—唐山—秦皇岛—锦州南—沈阳北。我记住了女儿上学的起止点。

思考

他们肯动脑筋，我们也学会敢于思考。不急不慢，慢中求快。

病了

病人听医生的，医生听身体的，身体听仪器的，仪器听医院的，医院听市场的，市场听利益的，利益听人的——有些人却病了。

老树根

一位老农朝我走来，手持两块枯木。他说这是金丝楠木的树根，他等了它快七十年了。

合同

刚才，我签了贷款合同。从办证大厅出来，忽然感觉自己签下了"卖身契"，把自己"卖"给了房子。阳光在寒风里轻轻洒在我身上，我很害羞地闭上眼睛不敢看她。只听见她淡淡地对我说，冬天已经来了，春天还会远吗？老婆说，以后少吃少喝，不仅可以减肥，还可以锻炼好身体。

中用

有些人，中看不中用；有些话，中听不中用；有些事，可做没有用。

感谢胃

劳作一夜，终将我一肚子杂物消化殆尽——辛苦的胃，我要虔诚地向你致敬，我要好好待你。胃淡淡地说，只要对得住味觉，对得起内心，适当就好，珍惜就好。

难得的笑容

那种发自肺腑的笑，那种溢满脸庞的笑，那种藏不住的真笑，好久没有看到、听到和感受到了。就在今天中午的食堂，她们再次呈现。

听雪

冷雨敲窗雪舞天，年初岁末一眨眼。步履匆匆红绿过，半生忙碌半日闲。

有一天

白天工作，晚上学习，也很惬意。一个人走下空荡荡的六层楼，一个人走过冷清的街道，一个人走进慵懒的小区，一个人迈入疲惫的电梯。一个环卫老大妈对我笑笑说，你也这么晚才回家？我也笑笑，笑里满是敬意。

低头

"他只在戏里低头。现实生活里，他挺起胸膛，高品位地走路。"我也想这样，我也学着这样。

读

因为手不释卷，所以长路漫漫；因为长路漫漫，才觉得时光惨淡。

无聊无奈无趣

寻找黑暗中的一点光亮。夜越黑，光越亮。只要眼睛一直向着光的地方，心就一直敞亮。

埋怨

他在埋怨：挣了一年钱，就给自己买了一双鞋——还不合脚，惹得脚后跟破了皮。人到中年，买到一双合脚的鞋真不容易。

听话

不要只顾埋头拉车，更要学会抬头看路。面对不熟悉的工作，不必太在意别人的目光。与其畏首畏尾，不如大胆向前。

学习

学不学不一样，真学与假学不一样。三天不学赶不上，一日不学会落后。

出发

梦里，总在老地方出发，或接受考试，或整装上车。新的路程，但愿有新的作为。

大学

熙熙问我，大学长啥样？我一时答不上来，就问他，你认为大学应该长啥样？他说，大学是不是操场大，教学楼大？我说，大学的大，除了校园大、教学楼大、操场大、图书馆大以外，还在于它的高——老师的学问高、德行高。

开始，还是结束

无趣，无味；无聊，无靠。一天刚刚开始，似乎已经结束；一年已经结束，似乎还未开始。一到中年就开始回忆，到了老年却以为还足够年轻。有人"进去"了，有人上去了；有人来了，有人走了。鸟说，天空没有痕迹，我已飞过；雪说，大地没有痕迹，我已走过；狗说，院子没有痕迹，风刚刚吹过。

念叨

她说，快过年了，来看看我；老头子天天睡在床上，大多数时候不清醒，一清醒就念叨着我。她明显瘦了很多，她说，睡不着觉，一天只睡两个小时就醒了。我说，你们快九十岁了，一定要保重身体。她说，老头子身体还可以，吃饭、睡觉都好，就是没法站起来。她嘱咐我也要保重身体，不要因为工作忙坏了身子。岁月常常被某个东西压着，让人出气不匀。希望他们的气更顺一些。

再出发

忽然记起2018年8月11日下午4点13分，女儿收到大学录取通知书，当时赠言：重整行装再出发，勤奋求实谱新篇！后请王勇先生书写条幅送给女儿，甚喜。

抚摸阳光

阳光穿楼而过，落到我的身上，暖在我的心里，仿佛一只看不见的手，将我从高楼拽出。随着她的背影行走，我从青春走到中年。

他们认为

他们认为我急，其实我不急；他们认为我要争，其实我不争；他们认为我昏睡了，其实我一直醒着。

骨感

倚墙的花，只好绕房子生长。

去者

幸福是奋斗出来的，快乐是自己的感受。此年已去，期待来年。

拔河

有些事一定要坚持、坚守、坚韧，甚至就是一口气的工夫——比如拔河。

感觉

时光一下子衰老起来，岁月一下子衰老起来。逝去的亲人常在梦里相见，活着的人常常好像睡着了。

楼梯间

那时候，我跑着上班，跑着做事，瘦脸红扑扑的，总带着笑；如今，我依然跑着上班，跑着做事，肥脸黑中泛黄，总盈满焦虑和无奈。走在楼梯间，忽然忘了要上还是下，迎面而来的年轻人，慢慢地踱着碎步，眼睛一直盯着手机，一边走，一边笑，一边哭，一边尖叫，脸上织满疲惫和迷惘。

二十五年

清泉寺的雪，一直下了二十五年；西山的风，一直吹了二十五年；北湖的梅，一直开了二十五年；金鱼岭的灯，一直亮了二十五年；一只鹰，流浪了二十五年。

书和包

"你也去上学吗？"早上一进电梯，一位要去上学的小女孩问我。我一怔。"你咋不背书包呢？"她看看我，又问："你真要去上学吗？到哪里去上学呢？你的书包呢？"我只对她笑笑，不知如何作答。

文化和力气

李现成说，虽然没读过书，虽然没文化，但我有双手，有力气，照样可以养活自己，养好父母。

静一静

有时候你必须沉静下来，自己不易，别人也不易。春风沉醉的晚上，也有梦遗失在霓虹灯的尽处。

丢失的羔羊

一只丢失的羔羊，走在林间的小道。没有妈妈的呵护，它觉得有些孤单；没有同伴，它走得有些害怕。风从它的耳畔飘过，对它说，虽已是春风——但还带着寒气；草在它脚下生长，对它说，它已褪掉黄色。我就是那只羔羊。

为和不为

尽己所能，尽力而为，有为有不为。在其位尽其事，不在其位不谋其事；有备而为，为事可为。有牛钻进草地，却不知吃草；有鱼掉到深潭，却不知游走——恰似我坐在某个书屋，却忘记了阅读。

报到

某一日，我如履薄冰地来到那座楼下，胆战心惊地爬上楼，忐忑不安地推开那道门，屋内空无一人。我欲转身离去，进来一位小伙子，一脸疲惫地低声说，领导很忙，再等等。我一看时间，自己早到了十分钟。

朝天

朝天一望，天在天边；朝着天边，天子在边。朝天，雨，空气清新。累了，回家了，安睡了。

老屋

老屋老了。父亲老了，儿子老了，孙子也要结婚了。老屋生活在回忆里，空气里弥漫着昨天的味道。

检查

走在街上，灯光依旧，行人依旧。他们都不知道，就在昨天，新领导已到任；他们更不知道，就在不久前，他们的前任领导已步入歧路。

鸭棚子

小时候，老家的养鸭人放养了几十上百只鸭子。鸭子沿村觅食，养鸭人担着一个棚子，暂时驻扎在某个村庄，煮饭，睡觉，看鸭。小孩子们都叫那个棚子为"鸭棚子"。某日，我忽然觉得我也成了养鸭人，我的立足地也成了鸭棚子。不知下一站到哪个村里，不知我的鸭子在哪里觅食。

再梦

我的神经被马蜂蜇了一下，两下，直到三十下。我的神经似乎还在麻木，堵塞。三十张笑脸从我眼前快闪而过，三十副身躯从我脚边跑过。清晨，春雨如织，我的眼泪融在送行的队伍里。老阿妈说他们是去出征，我的灵魂告诉我，那些进入木里火场的青春已没有了归途。

梦魇

河地乡初中，毕业离校，同学们先后收到录取通知书，我却没有消息。要去赶路，却没有车；好不容易来了车，却没有我的座位。

修造

4月7日（农历四月初三），天气晴朗，惠风和畅。定位，放线。

四月的一个早晨

四月，我在苍溪漫步。夜里，雨悄然落地；清晨，梨花开遍乡村。

安放

焦虑、迷惘、疲惫……幸好有一片蓝天，幸好有新鲜空气。可以看见远山，可以望见升腾的雾；可以听见鸡鸣狗叫，可以听到乡音，可以安放灵魂。

看见

从叶尖射下来的光，带着月亮的味道。忽然看见母亲，从梧桐的枝间走出来，面带微笑。我伸出手，握住了岁月的苦味，却带着母亲的乳香。我听见母亲说，乳汁不只是甜和香，等长大了，就会觉得甜里长苦，苦里生甜。

向上

早上，一口气爬到六楼，遇见几个迷惘、疲惫的眼神。忽然看见六楼的楼梯口一盆大叶剑兰，青翠欲滴，一直向上——正如我此时的状态。

自慰

趁这大好的春光，赴一地的闲忙。顶这温暖的光芒，赶在月亮到达之前把岁月奔放。匆匆，我看见匆匆。不在匆匆中赶路，就在匆匆中死亡。死亡，我遇见死亡。不在死亡之后新生，就在死亡之后再次死亡。

记起或者忘记

别人对你的好，千万不要忘记。别人对你的不好，要尽快忘记。你对别人的不好，千万不要忘记。你对别人的好，要随时忘记。

青蛙

昨晚，遇见伍国雄《城市的青蛙》。可以喝茶，可以喝酒，可以抽烟。一群蝌蚪在游弋。

结婚十九年

2000年4月23日，农历三月十九日，我们结婚了。因为孤单，我们结婚；因为结婚，我们不再孤单。因为牵挂，我们结婚；因为结婚，我们多了牵挂。因为责任，我们结婚；因为结婚，我们多了责任。因为家，我们结婚；因为结婚，我们不停地安放疲惫之后的欢乐。

春天的行走

听见春风，遇见春雨，看见春日，闻见春雷。

被雨洗过的春天

像孩子的眼睛一样明亮的春天，像仁者的心脏一样鲜红的春天，像高僧的脚步一样稳重的春天，像母亲的大手一样温暖的春天……我走在被雨洗过的春天，我迷醉在春天的雨水里。

他说

只有不停奔跑，才能达到目标。为官在真，为人在诚，为事在实，真心为民，真诚待人，真实做事，上不愧天，下不愧地，中不愧人。

结束，或者开始

终于结束了，终于开始了。有些事，一开始就结束了；有些事，一结束就又开始了。有些人死了，却还活着；有些人活着，却已经死了。求仁得仁何所怨，求仁得怨怨何人？

本位

有为才有位，有为不一定有位。比如太阳，每天都从东方升起，每天都有新的颜色，那它要居何位、何职才可与之匹配？把责任自己担起来，把权力给别人让出来，这才是太阳一样的本位。人，要像太阳那样光明磊落，要像太阳那样不计得失。

月的坝

谁在月坝？我在月坝。有细雨，有鸟鸣，有红樱桃，有绿树，有青叶，有流水，有走不动的老街，有刚到的电商单子。

别太当回事

一个内心强烈自卑的人，过了不惑之年，却异常自信起来。看不惯的东西也看惯了，不敢见的人也敢见了，不愿做的事也勉为其难地做了。他说，他们就那回事，别太当回事；他们就那样，别太当真。

多么安静的一个上午

卢老躺在百花丛中，还在微笑。从四面八方匆匆赶来的人，面色凝重，神情低沉。静静地在他跟前停步，静静地倾听亲人对他的悼念，静静地聆听同事对他的怀念，静静地回味文朋对他的想念。他睡在这里，醒在那里。他终于可以在这里闲着，却又在那里忙着。他把快乐留在这里，把更多的快乐带到那里。

雨落地上

天是明晃晃的，人是神清气爽的。忽然有种放松的心情，有种蜕皮的感觉。埋在水底的石头，终于浮出水面。

她的梦

雨还在下，她的心乱如麻——梦见我病入膏肓，好在只是梦。梦总会醒，正如雨一直下，总会天晴。

同行

早上，太阳送我去工作；下午，我送太阳回家。

快乐或者痛苦

劳动者是快乐的，不劳而获者也会有快乐。理所当然的快乐与战战兢兢的快乐相比，后者其实是痛苦的。

做在前

工作前认真学习，积累本领；退休前认真工作，好好做事；死亡前认真积德，好好生活。

我听见了太阳的笑声

清晨，一个声音把我从梦中惊醒。谁在掀开窗棂？我循声下楼，走过还在憨睡的街道，路过湿地的林荫，穿过树和花的身旁。一只鸟一直走在我的眼前，它说，向前，向前，再走几步。

我随声而去，在树和鸟的中间，我听见了太阳的笑声。太阳说，再听听，还有啥声音。我说，是啥声音？鸟说，哎呀，就是你很久没有听到的母亲的笑声。

蜀道，熟道
让世界了解蜀道，让蜀道装扮世界。

我只想仰望
如果我的梦走近你，请你挥挥手；如果我的梦打扰你，请你再挥手。面对翠云廊的古柏，我是迟到的过客。我的叩拜，已经生锈。我还是要停留，还是要仰望。这一天，是五月的天；这一天，细雨如牛毛。我只想仰望，只想一滴雨无意间落入我的灵魂。

沉默
沉默，并不是无话可说，或者没有话说。沉默的时候，如果必须回应，可以假装没看见或者没听见。沉默的人，如果必须表态，可以微笑或者愤怒。沉默之前，需要勇气和沉淀；沉默之中，需要涵养和耐性；沉默之后，不是爆发就是死亡，或者永远沉默。

老树
某些特定的时段，某些特定的场合，某些特定的人，格外得意、肆意，甚至张狂。细看，原是缠树的藤蔓，躲在树里的猢狲。

生活
生活，除了苟且，还应有诗和远方。有时候，没有苟且，更没有诗和远方，只有无味、无趣和无聊——但还得要生活。

忽然想起
走路，要学会给别人让出道。在窄路上，如你走在前面，要随时看看后面有没有赶路的人。也许他们要赶路去送一杯牛奶，也许他们要赶早去打扫街道，也许他们要赶很长一段路去上学，也许他们要赶去写昨夜未完成的工作报告，也许他们要着急去医院探望生病的亲人，也许他们要赶到高铁或机场去等候归来的孩子、父母、友人……要学会让出道，即便路宽也要这样，不要自己走着宽路而耽误了别人赶路。

以德报怨

以小人之心度君子之腹，以君子之心度小人之腹。以德报怨，以德化怨。

一张白纸

一下子回到二十年前刚参加工作的情形，啥都不知道，一张白纸。但愿也如当年的状态，从零开始。每天完成当天的作业，每天都画个圈，每天都有进步。

时间收割一切

说开了，就好；藏着掖着，总会发酵，或者变馊，或者霉烂。不论结啥果子，至少花还开得认真。

乡村

泛绿的乡村，泛青的心情，泛爱的人生。

警示片

不忘初心，方得始终。有的没有初心，有的忘了初心，有的变了初心，本可以继续为人民服务，本可以颐养天年，却落得身陷囹圄，家破人散，有始无终。人无心不活，好心方可久活。

主人

失眠又一次敲打我的房门。我不理它，它便使劲儿敲；我还是不理，它敲打得更厉害了。怕是它要请开锁匠破门。它或许要对开锁匠说，它是主人。开锁匠摇了摇头。

上山

行到山顶听蝉鸣。风微醺，树滴翠。

他乡

成都，我迷失在午夜的街头。中年新觅午饭钱，半生不熟。灯光璀璨，目光迷离，心力交瘁。

放慢脚步

细雨，调淡了荷香；鸽子，湿了肩膀。走在岁月的断桥，邂逅一只竹筏和一只青蛙。

别，离

相见时难别亦难，不难就不见，不难也别离。见，意味着别；离，是为了下次的见。

专业化

组工干部队伍基本素质专业化，是做到"四个三"：三能，开口能说、提笔能写、遇事能办；三会，会学习、会调研、会协调；三硬，笔头硬、作风硬、身体硬；三甘，甘于奉献、甘为人梯、甘守清贫。

阴雨

又下雨了，持续了近一个月，怕是天漏了。因为下雨，阻挡了无数归期；因为下雨，延缓了无数工程。我的老屋在三月拆除，到六月却仅仅建了半层。幺爸疑惑地问，那钢筋怕是锈蚀了，对稳固有没有影响？工程老板笑笑说，不得不得，它只锈了皮皮，芯子没锈，不影响拉力。

肿

父亲的脚踝肿得明晃晃的，一按一个窝。他说，这是第三次肿了。因为肾的不顺，导致他的脚肿；因为肺的不畅，导致呼吸困难。随着年事渐高，觉也稀少。没人的时候，父亲总是焦虑不安，痛苦不堪；有人的时候，他强作欢颜，勉强应付。

联通

有些神经是需要联通的，比如借助酒精，依靠灯光，顺着眼神，就着话语，就可以互联互通。也许原先是距离千里万里，都没有了距离。

云儿

如是云儿，自己长脚，漫游天际。

顺畅

他说，有时候，你不得不学会加班，应酬，讨好，找圈子融入；你不得不学会请客，喝酒，点头哈腰，打探别人的喜好；你不得不学会说假话，搞形式，弄花拳绣腿；你不得不学会指挥，安排，指使，领导；你不得不学会抬头看路，不只低头做事，不再顶起对窝耍狮子；你不得不学会抓住机会，不然机会就会悄悄钻进别人的怀抱；你不得不加快脚步，不然就会与别人的距离越来越远。

别人也是人

别人有好事，应该高兴；别人有进步，应该祝贺。同时，也应该思考一下：为什么好事没轮到自己？为什么自己老是没有进步？只要问心无愧，只要没有遗憾，别人的好事也当作自己的好事，别人的进步也算自己的进步。别看人家不如你，总有超过你的事；别看人家很清闲，总有忙的时候。

自励

谨言慎行，谨小慎微；不骄不躁，不温不火；有张有弛，有忙有闲；上班多报请，下多问询；求形求式，求实求效。

做事

事情是干出来的，不是光靠吹出来的；机会是自己争取来的，不是坐等而来的。做好自己的事，不授人以柄；做好自己的事，不让人说三道四。

空槽

有行无物，或曾经有物而现在无物。

回归

休假，回老家看看夕阳，吹吹风。看看老父亲的皱纹，看看猫在用爪子洗脸。

生命可好

为吃而生，为衣而生，为眠而生。

适应

现在还不适应，慢慢会适应，将来会很适应。

心静身自凉

天气有些热，鸭哥出去走了走，发现了一顶红鸡冠，以为是自己的冠子掉在花里。低头去捡，却发现是一只蝴蝶，它又以为是自己的毛掉在花园里。鹅说，哦哦哦，赶紧回去睡吧，立秋了不会太热，心静自然凉。

阳光无处不在

阳光总会如期而至——无论你躲在云后，藏在树缝，或走在岁月之外。

水流

有时候，不要太计较自己，也不要抱怨别人。山有时高高在上，有时立在城中，有时沉在水底。只要好好耕耘，别太看重收获。也许有时根本就没有收获，因为种子不好，因为没有足够的空气、阳光和水分。昨天无法选择，今天可以把握，明天需要开创。

昨日颜色

昨日的颜色渐渐泛黄，今天的色彩一天天灿烂。走在叫作文化的路上，一天不学习，一天不进步，总感觉有愧于它。踩在一堆环卫工人清扫的落叶上，忽然想起小时候女儿踩在我的肚皮上，一步一步走到我的脸上，到达我的头部。在湿地公园走路，不要快也不要慢——慢了就跟不上小跑的美女，快了又会超她而去，连背影也看不到了。

游走
云在头上游走。一只喜鹊绕来绕去地叫，风吹动我的头发和腿上的几根汗毛。

人闲地空
越是低谷的时候，越不要闲着；越是天旱的时候，越要清理地里的排水沟。

秋风
秋风里，飘来一只船，装满了灯光、美味和媚眼。

累
累，是生命的机会。如果哪一天不累了，就意味着永远闭上嘴和眼睛了。

三问
爱里生甜，爱里生苦吗？苦是苦味，苦有甜味吗？生很累，死后还累吗？

过客
没有风，一片叶子从树上掉下来。叶子对于树，就是一个匆匆过客。一个人，对于历史，也只是一个匆匆过客。

甘肃
甘肃，是金色的，是亮色的，处处闪耀着文化的光芒。

桂香

走着走着，下起了雨。我不愿撑开伞，怕遮挡了满街的桂花香。

空空的中秋

无月，有人。空空的猪圈，空空的院子，空空的山村。有雨，有树，有蝉鸣。

家规

耕读传家，勤俭持家，创业兴家，忠孝立家，信义旺家，和谐强家，清廉护家。

运动

只要有动静的，我都点赞；只要比我多走一步，都是我的榜样。

正装

参加省上一个表彰大会，要求男士统一着深色西装外套，白色长袖衬衣，深色长裤。正好前几天参加单位主题教育活动，买了一件白色长袖衬衣，翻看衣柜，找到2012年参加市作代会的深色西装外套，又找到二十年前结婚时候留下来的格子领带，配齐。上身一试，衣服倒也勉强合身，裤子勒得肚子赘肉突出。老婆说，这几十年的饭都长肚子了，难怪没啥进步。

睡不着

到了周末，本想睡个懒觉，不料未到七点就醒了，比平时工作日还提前。不工作，反而空落落的。

看我

蜻蜓问："您是在看我吗？"老头说："是我的心在看你。"老头问："你是在看我吗？"蜻蜓说："是我的翅膀在看你。"莲笑了，风笑了，老头也笑了。

爱与赞美

我赞美的，我不爱，因为要留给别人去爱。

我爱的，我不赞美，因为怕误导了更多的灵魂。

爱国无处不在

10月1日上午，路过一个废品回收站，店主正在用一个旧音箱高声播放国歌。再看他的店里店外，挂满了大大小小的国旗。

乡村的幸福生活

秋日，细雨，他持一长竹竿，沿公路吆一群鸭子，边刷微信，边唱歌。他开一辆小货车给人送房屋装修材料，速度很快，车载音响顺着山坡唱歌。

善待

学校，要善待每一个孩子，善待每一个家庭，善待每一个希望！

不弃

不弃瓦釜，不羡珠宝。珠宝光耀，瓦釜实用。都有益处，都当弃物。

装醉

西安的街头，下着细雨。我提一只空酒瓶，徘徊在霓虹灯的尽处。美女，过来，走过来，陪我喝酒。美女碎步移过马路，对我浅笑：请叫我贵妃。我仰天长笑，将酒瓶也一饮而尽。越是装醉，越是清醒。

迷失

我迷失在西安电子科技大学的校园。寒露时节，烟雨蒙蒙。科大的校园，雨淅淅沥沥。我徜徉在横七竖八的校园街道，迷离的双眼，忽然清晰。

故土

即便雨再密，也会找到那一滴落到自家的窗台；即便身再疲，也会行到自家的门前。有一只看不见的手，始终在牵引着，会让你找到当初的路。

川大校园的阳光

秋日，午后，四川大学校园，邂逅一缕缕阳光。暖暖的，静静的，从树缝间穿过来，停在道上，歇在楼梯，坐在教室里。

自以为是

到了不惑之年，多一点儿自以为是好；如太多自以为不是，岂不白吃白混几十年？

通

情郁于中，自然要发之于外。情郁而不发，精气受滞，血液被堵，心慌气短，脚松手软。长此以往，病不久矣。通则不痛，痛则不通；全身顺通，无病无痛。

那一夜

路灯提醒我说，我不在，你在；我在，你还在。

偶遇

遇见三个老熟人：李某，王某，张某。李某说，好久不见，哪天坐坐，喝两杯；王某说，小伙子，好好干，优秀的；张说，肚子小了些，但要坚持锻炼，晚上不吃主食为好。路过广场，喝茶的依旧，用小音箱唱歌的老人依旧，钓鱼的小朋友依旧。路过车管所，昔日的人车熙攘之处已被夷为平地，兴安中学的修建机器已经进场响动。

错过

一个被光阴耽搁的男人，一个被光阴伤害的男人，一个伤害着光阴的男人。无趣，无过。

我是走在前面的路上

后面有惊叹声，有追赶声；有狗叫，有猫叫；有鸟鸣，有鸡鸣。他们说，快走，快追。原来是我走在他们前面的路上。

过了

一天过了，一月过了，一季过了，大半年过了，半辈子过了。下雨了，天晴了，阴天了。昨天已经过了，今天就要过了，明天准备过了。过了就过了，又好像没来，或者等于没来。过了，就预示将来，或者等于来了。

白发

二十年前，你让我看见你两鬓的白发；二十年后，我看见自己两鬓的白发，你的两鬓却如黑漆。我疑问，你笑笑，说是公开的秘密。

疾驰

岁月不居，时光如流。二十年疾驰。

适遇

十一月二日，与太阳同行，遇见王、文，遇见张、王，遇见适遇鲜火锅，遇见罗、陈、宋，遇见月亮。

意象

童戈一生。勤奋务实，创新卓越；谦虚善良，甘为人梯；微笑一生，丰满一生。

藏

时间倏忽，已至立冬；春生夏长，秋收冬藏。她说，这个季节，要认认真真把自己藏好，等待下一个春意盎然。

她回家了

她说她不是回来享受的，而是回来当家理事的。她还在忙碌，还在操心。她在我的梦里。

老干部精神

"生命从六十岁开始，生活从八十岁起步。"六十岁退休了，本该可以享受，但老干部们退而不休，休而不息，继续发挥余热，开始进入文化艺术、社会公益活动、讲学育人的新生命。活到八十岁，才算真的进入享受生活阶段，老干部们保持健康的身体，老有所养，老有所乐。

捡漏
白天扎扎实实工作，晚上悄悄写些文字。

生活
生活，就是涩中有苦，苦中有甜；生活，就是想哭又想笑，想笑又想哭。

三棵树
有三棵银杏树长在同一园中，一棵完全变黄，一棵黄了大半，一棵全是青色。老婆问，这是咋回事？我说，就像三个年龄相当的女人，一位提早衰老，一位正常衰老，一位太会保养而阻止了衰老。

歪打正着
头痛，医脚。有时头疼真的可以医脚。

冷气
有一股冷气突袭而来，原是小雪到了。小雪其实无雪，只下了些雨，而且是小雨。"够了，"农人呷呷嘴说，"湿了地就够了"。

无限
能力有限，感情无限；政策有限，服务无限；时间有限，学习无限。

秋叶
霓虹上的秋叶，还有蓝天、时光和岁月。一个人下车了，因为车到了终点。就像那只蟋蟀，进入了冬眠。

岁月，人
岁月不饶人，不需要饶人。人是什么？饶什么？岁月是岁月，人是人；岁月不是岁月，人还是人。

失眠

昨夜失眠的，不止我一个。万物相通相息。

生活

有时候生活就像狗屎。不要以为狗屎一文不值，它也可以开出一朵花，长出一片绿叶。

夫妻

互为微风，互为火种。

加班

那夜加班到十一点。风也累了，空气也累了。灯光得了眼病，模糊不清。

平凡

平凡的人，做平凡的事，让一些平凡长成高尚。

无雪

大雪无雪，小雪无雪，雪山无雪。

职位

当你有劲儿的时候，车上没有空位；好不容易空出一个位置，你却到站了。一路上，有人下车，有人上车，都在拥挤中。

奔跑

你们一路奔跑，不要忽略了被你们撞倒的人。他们无法奔跑，只能慢慢赶路。

天亮了

天亮了，我想睡了，却睡不着了。我在去食堂吃饭的路上，发现一片叶子呆呆地看着我。它说，我想睡了，却从树上掉到地上了。

雪

有雪多好，多么干净，多么纯洁。关键是有人在雪里等我。母亲说，雪是天的儿子，长大了，就离家来到了地上。她还说，雪老了，又回到了天上；就像人一样，就像她一样。

有些痛

写下几个字，实在是难。有时候身痛，其实是心痛。什么可以脱落？除了疮好之后的疤。没有坑，你也可能会摔跤，其实是自己的腿发了软。

有时候

有时候太阳落了，总感觉到她的温暖；有时候明明是白天，却感觉有一股清冷的月光射遍全身。

两头黑

早上七点出门，晚上十一点回家。早上出门时，路灯还亮着；晚上回家时，路灯也没有熄灭。

谢谢

路过一小卖部，一位老奶奶拦住我，让我给她看看哪个是遥控器上的"菜单"。我走到她的里屋，对准电视机按了一下，电视机上跳出播放画面。她连说三声"谢谢"，还对我投来羡慕的目光。我也连说"不谢"，再加两个"谢谢"！

做事

如有机会，多为人做点事儿；如有心，就守初心；如忘记，就忘了自己。

酣睡

在这个午后，脑袋一挨枕头，梦就开始游走。一缕梅香，在敲打我的窗。

旧账

梳理一下，还欠不少旧账。一些想法还在脑袋里，一些计划还在墙上，一些事儿还在半途。再梳理一下，白发又添几根，黑发又掉几根。

走亲戚

电梯里，一位老大爷遛弯儿回来。我说，今天走河边，还是冷吧？他说，没吹风，不咋冷。"要是有太阳就好了，可太阳又去走亲戚了……"他喃喃自语。

走过的路

走，耳旁有风；走，有阳光跟随；走，希望在前。

巧遇

就在街道的转角处，我发现了丢失的灵魂。他惊慌失措，瞻前顾后，满脸通红，浑身酒气。他说，我终于发现了丢失的肉体。

在这美好的夜晚

有一些人今晚就在一起——赵，何，周，马，王，唐。他们说，假如生活欺骗了你，不要忧郁，不要悲伤。那些不顺心的事即将过去，一切都是新生活的开始。祝福明天，祝福来年。

乡村物语

回头

梁园虽好，并非久留之地。

金窝银窝，不如自己的狗窝。

看一眼高楼霓虹，听一句高腔清音。都是他们的天空和颜色，都是他们的心脏和汗水。

赶紧回头，不要中了乐不思蜀的毒。

在位

有些人在位，以为自己有多大的本事，一旦不在位，别人比他干得更风生水起。其实是位置重要，不是人重要。在其位，就有话语权，就有决策权，就有指挥权，等等。

所以要珍惜所在的位置———一旦不在位，连风都懒得吹到你。

遇见月光

月光从树的缝隙漏下来，落在石板上。

我一移步，就踩疼了月光。

月光说，幸好只是身体痛，不要踩到我的心。

等待

雨对风说，快去，我要来，眼睛们着急呢。风说，等等。

白天对夜晚说，快走，我要来，心要出来。夜晚说，等等。

他对领导说，可以签字了吗？项目要实施。领导说，等等。

等等，几小时就过去了；等等，一天就过去了；等等，几个月就过去了。过去了，也许发生了很多，也许什么也没发生。

自励
有时候自我鼓励真的管用。

比如地震后压在断楼下的男孩，最终等来了救援。

再比如昨天半夜一直祈祷的心愿，一早就得以实现。

好日子
好日子是辛勤劳动取得的。

所有别人给予的，到时候都要收回。

自己的努力，终究成了自己的身体、生命和未来。

冷
只要心是热的，再冷的空气也渗不进骨髓。

要是心冷了，再暖和的外套也激不起血液流动。

忘了
从第三个单位督查出来，我忽然忘记走了哪几个单位——恰似走出高考考场，却记不起一道题的模样。

学习
调研过程，也是学习过程。走走几个部门，大有收获。好几年没有的感动，那日实现了。

他说，单位一把手只要"两出一不出"：出成绩、出干部，不出问题。

补漏
厕所漏水，修了三日，完成工程的三分之一。

间歇读书两本，补公文写作之课，也算补漏。

顺与不顺

近日多梦，尽是旧人往事。

事业待顺，家事待顺，身体待顺，全依自己理顺。

听话

太听话，也是要不得的。

可以理解为不圆滑，死板，守旧，不创新。

雨秋

深秋，晨，川北小街，窄巷。

雨不大不小，不密不疏，不紧不慢。足够湿了你的长发，足够润了他的衣袖。

只想轻声告诉你，伞已独居多日，大衣已蒙尘多日。又怕稍微大点声，惊醒那枚黄叶的酣梦。

平台

岗位重于能力，平台重于岗位，思维重于平台，格局重于思维，大手笔来自格局。

日行两万六

冬日，勇哥，成都的街头，陪我日行两万六千步。

开窍。

求与被求

求人的时候，别人总比你强。

被求的时候，你总比别人强。

为了被人求，还是更多地先求人。

握

我的手，满满的自信，温暖，柔软——原是装了你的手。

作家

作家应该是液体，越像水越好，越纯净越好。

无情似有情

风也无情，雨也无情。

落叶有情，直扑胸怀，却落黄泥。

黄泥有情，只待来春。

看你

路上的灯太亮，让我看不见你的脸。

街道太宽，让我分不出来的路。

月光，从树缝漏下，照见我白发间的黑发，让我的影子修长而清晰。

我只想远远地看你，直到你走进别人的心里，直到你丢失在我的梦里。

小雪

小雪，小雪。

雪在曾家，雪在月坝，雪在心底。

绪言絮语

群众的眼睛是雪亮的，领导和组织的眼睛比雪还亮。

你只要好好干，干出成绩，群众看得清清楚楚，领导也是看得到的，组织更是记得到的。

梦见

新宿舍，新教室，她的新笑容。

我在等，一个假期。

她说，我在等另一个假期。

远方

有时候，诗很远，远方更远。

忽然的你

入冬的第二天，雨里夹雪，风里带刀，迎来送往，忙忙碌碌，可笑可气。

忽然的，想起了你。

天地之心

天地之心，至简至公，至亮至纯；不湿一地，不暖一隅。

阳光无处不在，总有一缕会照在你的身上。有时候你的天在下雨，别的天阳光明媚；有时候你的天放晴，别的天在下雨。有时候前面是阳光，有时候后面是阳光；有时候前面是风雨，有时候前面的前面就是阳光。

月光无处不在，总会照在你的身上。有时候它在照耀，你在酣睡，别人却在赶路。

忙

梦里很忙，似乎要做很多事。

但愿现实也忙，忙而不乱，忙而有效。

起了个早，赶了个晚。

身体和心灵总有一个要在路上，用心生活，用身体去行动，放弃太安逸的闲暇生活，丢弃太闲的胡思乱想，让自己忙碌起来，让自己快乐、幸福和满足。

一些树

夜深了，一些树在静静地生长，其实它并不在意别人的眼光和关注。不像一些花，专等着被欣赏才开；也不像一些草，根脚太浅，风一吹就不停摇摆。

就是这些树——长在山脚下的树，冬天来了，就干干净净立在雪里、雨里；春天一到，就青枝绿叶地向天向云茂盛。

人，其实就和草木一样。有的人长成一株草，有的人开成一朵花，有的人成为一棵树。我愿意是一些树里的那一棵。

第一场春雨

2月4日，立春之后的第一场雨，从天而降，润湿大地，沁人心脾。

润百物，孕千芽，沁人心脾。

有救无救

某医生说，戒烟戒酒，有救。

又说想吃就吃、想喝就喝，无救。

惊蛰

年过完了，该认真工作了；觉睡完了，该好好醒了。蛰伏久了，该走动了；孕育久了，该盛开了。

做了一件事，如释重负。新的生活，将会重新开始。

说，比不说重要。不说透，更好。

有想法，比没想法好。

月光雪

月光照耀大地，雪落大地一隅。

大地的颜色是白的，分不清是月光的白，还是雪的白。大地的身子是清冷的，一半是雪的温度，一半是月光的温度；大地的心干净锃亮，就是雪的心，就是月的心。

夜是通透的，一人出去，回来就成了三人。在雪里穿过，定会遇见月光，从雪的另一边走来，就会遇见月光。

趁这月光，赶紧出发，说不定就遇见雪和你。

眼前

有时候，眼前的困难其实不是真的困难，只要敢于克服，前头一片光明。

比如某个早晨，你欲走路锻炼。天空冒着细雨，你毫不犹豫，还是出了门。路过小区花园，雨似乎又大起来，你还是毫不犹豫地走出大门。来到滨河路的时候，雨完全停下来。

走失

成都没有草，只好回头——原来我也是一只走失的羔羊。

花开

雨落下来，不湿一地。花的生命在于盛开，只是有的开在山野，有的开在夜里。

雨

一道光，自天而落；一股气，呼吸自如。

心，在污垢里游泳；雪，在喉咙跳舞。

我走在泥潭里，腿成了一对翅膀。

更待何时

这么好的阳光不晒，更待何时？

这么好的书不读，更待何时？

这么好的青春不奋斗，更待何时？

读书

读事，读人，读心。

似水，似汤，似饭，似药。

有香如玉，有黄金屋。

有苦，有乐。

母亲

母亲离开我们已经二十余年了，我们已经没有当面叫"妈"二十余年了。

梦里的母亲，亮着光，笑依然灿烂。

爹说，婆婆已经离开我们十五年了，他也没有当面喊"妈"十五年了。

月坝的光

山水之间，有远而厚的阳光，有白云后的蓝天，有蓝天里的月亮，还有草，还有树，还有犀牛。

欠条

如果上辈子我欠你的，就下辈子还给你。

如果这辈子你欠我的，那是因为上辈子我欠了你。

我独自走了五十年。步下虚着，无依无靠，还有十年，总可相见，先欠着。

态度

以什么样的眼光、心态和行动来面对、应对与承兑乡村？探秘、审视还是观望？

乡村振兴，可为，有为，有不为。

村上

树，都有姓名；草，都有家庭；狗，都有性情；人，都很自在。

雨

那雨大概是半夜到来的，到早上还未离去。

燕子绕过窗前，淅淅沥沥，黏黏糊糊。

离别

为了更好地相聚，为了下一次的离别。

回忆点点滴滴，说些感谢的话，表达些歉意，寄托些希望和祝愿。

相视一笑，握手，拥抱，或者相互调侃。

彼此转过身去，留下的只是背影。

雨

6月16日夜，大雨，狂风，气温18℃。冷雨敲窗，水从窗缝挤进屋来，湿了半屋。

村里怎么样？村外怎么样？

愿难处不难，愿雨洗尘埃，新路新步，一直向前。

客气

某一天，父亲对你很客气，说话带着商量的口气。你做的事他不再阻止，甚至不再评论。他已经老了，你也不再年轻了。

早晨

7月，乡村的早晨，歌声飞扬，舞步飘荡。

莲从淤泥里来，让绿铺满世界；头一伸出水面，天空开满鲜艳！

早

天亮得格外地早，太阳起得格外地早。

我醒得格外地早，原来是我整夜都没有完全睡着。

心里话

我要对党说的一句心里话是"三个不忘"：不忘初心，牢记使命；不忘历史，汲取力量；不忘奋斗，再写荣光。

不忘初心，牢记使命。我要永远记住，中国共产党的初心和使命就是为中国人民谋幸福，为中华民族谋复兴；我要永远记住，中国共产党的精神之源渗在32字的建党精神：坚持真理、坚守理想，践行初心、担当使命，不怕牺牲、英勇斗争，对党忠诚、不负人民。

不忘历史，汲取力量。我要从百年党史中读到，中国共产党对国家、人民、民族、世界的伟大贡献。我要从百年党史中悟到"四个没有"：没有共产党就没有新中国，没有共产党就没有人民的幸福生活，没有共产党就没有中华民族的伟大复兴，没有共产党就没有人类的伟大进步。我要从百年党史中汲取经验、方法和力量，增强做中国人的志气、骨气和底气，丰富自己，武装自己，成长自己。

不忘奋斗，再写荣光。中国共产党第一个百年奋斗目标圆满实现，正在豪迈地向第二个百年奋斗目标进发。作为一名普通党员，我还有12年就要退出工作岗位，初算一下在岗工作时间，除去节假日不到3000天，按每天工作8小时，还有2.4万小时。因此我要加倍珍惜为党和人民工作的机会，时刻响应党中央的号召，时刻听从党的召唤，干好组织交付的各项任务，继续为实现人民对美好生活的向往不懈努力，争取在党和人民下一个百年奋斗目标的荣光里增添一抹乡村振兴的浅红色彩。

驻村
学习，修行，养生，补课！
安逸里有无奈，无奈里有安静。

忍耐
忍耐是最好的考试，忍耐住是最好的答案。

下雨
五龙又在下雨，玉龙又在下雨，正如我的思绪。

有言
莫言手书对联："根植乡土，小心聆听四面风雨；放眼世界，大胆挪借八方音容。"莫言有言。

路过
风吹芦苇低，草盛岁月稀。
平生存小愿，晚来别梦依。

什么也不是
假如父母没有生下我，我什么也不是。
假如那次跌倒是脑袋着地，我什么也不是。
假如没有机会上大学，我什么也不是。
假如一直在那里干一样工作，我什么也不是。
假如不到新单位，我什么也不是。
假如没有遇见好平台、好领导，我什么也不是。

风过正午

秋阳正阳，晒我谷粱。秋风荡漾，碗香钵香。

琳琅琳琅，生我爹娘。半生彷徨，葬我迷茫。

北雁一行，南栖一樟。东奔西忙，尘中相忘。

借道

"雨洗青山秀，路弯人心直。"

秋来暑气沉，恍然又杳然。

过客

你与春风皆过客，春风一过夏成客。

秋风已在门外等，冬来春来秋做客。

习惯

你会慢慢习惯，形式就是内容，内容就是形式。

你会慢慢习惯，简单就是复杂，复杂就是简单。

你会慢慢习惯，自然就是习惯，习惯就是自然。

注释

雨香，在现在；照片，在过去；心，在将来。

刹车片

为了控制跑得太快，避免距离太近，防止碰撞，于是诞生了刹车片。

有些话就是"刹车片"，可以防止事情向无序发展，可以保持事情留在可控状态；有些人就是刹车片，可以防止人不像人，可以保证人更像人。

警钟就是"刹车片"，有时敲一下，就让思想清醒一下，不致往泥潭越陷越深。

心就是"刹车片"，走在路上，有时它大幅度震动一下，以便行者走得自在，走得从容，走得安稳。

秋雨带桂香

秋雨，密而细，轻入枝叶；秋风，急而软，悄过花瓣；桂香，清而浓，直沁心脾。

雨是现在的雨，不可求；香是过去的香，不可留；心是未来的心，不可得。

冷

秋风已冷，有花正开。

世间有温度，花开有情愫。

急

雨急秋急心愈急，街满巷满河堰满。高楼坠雨低村溢，怨天愿人望潮清。

曙光

曙光就在前面，我们应当努力；蓝图已经绘就，奋进正当其时。

大器晚成，大音希声，大象无形。小步快跑，后来居上。

云

以云为梯，可登天庭；以云为席，可枕风雨；以云为庐，可避世俗；以云为食，可吞日月。

公示

见贤思齐，见不贤而内自省。

贤者贤，不贤者向贤。

叶

在乡村，采两片红叶，一片送给村民，一片交给党。

梦

外婆，在茅草屋里煮饭，竹子床上空荡荡的。

婆婆，双手搓着麦穗，十几张嘴等着下咽。

三惜

明山东布政使马寅言："君子有三惜：此生不学，一可惜；此日闲过，二可惜；此身一败，三可惜。"警记。

三难

苏轼称赞利州转运副使鲜于侁，上不破坏法令，中不影响信任，下不伤害百姓。为政此三，实难。

三旨

宋朝宰相王珪以擅长文学被时人推重，但他从执政大臣到出任宰相，一共十六年，没有什么建树，大都是阿谀曲从，当时被人称为"三旨相公"。这是因为他上殿进呈奏章就说"听取圣旨"，皇上告谕可以或不可以完毕，就说"领圣旨"，退下来以后告知禀事的官员时就说"已得圣旨"——为官此三，不易。

闲

人勤地不懒，四季仓贮满。若容半日闲，稗草欺稻秆。
世上无闲人，闲人扰闲事。天下无闲事，闲事生闲人。

月亮

行走的月亮，步履不紧不慢，神态若明若暗，心情酸酸甜甜，梦想缺缺圆圆。

四句

"为天地立心，为生民立命，为往圣继绝学，为万世开太平。"横渠四句，看看还差多少，还可达到多少？

游走

有言："鸟居笼中，恨关羽不能张飞；人处世上，要八戒更需悟空。"看云雨游走，思日升月落。

放翁

放翁所愿，心之向往，行之不至。早告草木，免得又黄，只待来春。

相见

她说："是秋分了，夜渐渐长了，在梦里相见的时间也就长了。"

昨夜，又在梦里和母亲相见，走了更长的一段路，说了更多几句话。她的愁与笑，忙与闲，淡薄与臃肿，我似乎一起看见了。

秋水

乡村，秋水横塘，丰腴而不张扬，静谧而蕴含生机。

曾家山的秋，从小家碧玉长成大家闺秀，有韵味，有趣味，有品味，看者不暇，闻者留香，听者希声。

中学

小学之兄，大学之弟；下学之上，上学之下。

巍巍卧牛，高高马蹄；龙腾巴山，志在天下。

喜事

一家喜庆事，喜气溢满村。白首懵童笑，欢乐盈九门。

风物

乡村风物，别有风味。比如山药蛋、木瓜、红苕花、柿子、橘苗，还有温度和守候，丰满，干净，沉淀，向上。

有事

事多不愁，虱多不痒。有事烦心，无事心烦。

无雨旱灾，多雨灾涝。忙时期闲，闲时望忙。

城里思乡，乡下望城。此时想彼，彼时想此。

说话

越是内心脆弱，越要在外表显示坚强。

见面一两次就评价别人的人，其实根本没有了解别人；背后对他人说三道四的人，其实是想掩盖自己的空虚。

有人说你是一坨牛屎又有何惧，更希望有人来踩上一脚，没准儿就在牛屎里面开出一朵鲜艳的花朵。

不要太在意自己，更不要太不在意别人；不要太自以为是，更不要太以为别人不是。

不要

不要把人带坏，不要以为别人容易被你带坏。不要把别人的成绩当作是因为你的成全才可以取得。不要说你干了多少，多么努力，组织多么对不起你。

不要得意忘形，更不要号啕大哭以示己悲。

想念

白天已经结束，我会在梦里继续想念你。

幸福

幸福是什么？幸福是馒头的香甜，火炉的温暖；幸福是雨后的晴天，劳作的仓满。

雾

新的一天，浓雾弥漫。

我看浓雾，急不可待。浓雾看我，细如空丸。

我问浓雾，何时可歇？浓雾笑答，只待日来。

疑问

有时候疑问有什么用？与其问问，不如装作已经懂了或者根本不想弄明白。

问了有什么用？还不是让你不明白，或者平添了对你的怨恨。

起风了，那里下雪了吗？有时想想就知道，看看就明白，何必还要问问？

燃烧

在化成灰烬之前，融化升腾。

这些和遇见没有关联，命中注定。

它的温度跨过寒风，穿透骨髓，拥抱凝固。

走过十二个时辰，就在一瞬。

冬月

乡村冬月，照我初心。行走玉龙，草黄木青。天净水静，屋立路腾。心念春景，业旺人兴。

追光

有风吹过水面，有鱼跃出水面，有光盖住水面，然后水开始温暖。

文学

文学川军，巴蜀文学高地。

为人民书写，为人民抒情，为人民抒怀。

用心，用情，用力，用功。

脚踩大地，出精品。

亮

其实我看见的，比现在你看见的和我看见的都要亮。

有些留下的，其实都是模糊的，似乎比失去的都要混浊。

如果要看到更亮，最好从眼睛走到心里，只有留在心里的亮才不会褪去颜色。

等待

就像一片叶子从枝上掉下来，另一片叶子的等待；就像一片叶子从芽孢伸出脑袋，另一片叶子的等待。

就像一些时间负责收割，另一些时间在耕耘之中的等待；就像夜色到来之前，另一些景色探头探脑的等待。

等待是注定的，等待的结果捉摸不定。你不敢说今天有阳光，明天就会是晴天，你不能说今天下着雨，明天就不会有太阳，你只可以圈定的是今天天色暗下去，明早还会亮起来。

等待的空间是有限的。人一出生，死亡就在等待；叶子一绿，枯黄就在等待；花一开，凋谢就在等待；成功一到达，失败就在等待；事情一开始，结束就在等待；冬天一来，春天就在等待；你一远行回归，就在母亲的眼里等待。

闭关

动如跳兔，静如止水。闭上眼睛，花香梦里。关了思绪，候雪煮酒。

逃离

从前一直想要逃离的地方，最后成了最想回去的地方。

从前一直不想干的事，总在生命的某个阶段成了必须要干的事。

从前一直不想见的人，总会在生活的拐角成了不得不面对的人。

从前一直害怕的孤独，却成了敲门的常客。

最想见的人，最后不一定相见。

最想干的事，多半没有干成。

最想去的地方，大都不得抵达。

越想逃离，越是被抓得更紧，最后成了注定的遇见。

冬日残梦

冬月二十，母亲静静地走进了我的生活。

我在找换洗的衣服，却总是没有找到；父亲也在寻他外出开会要穿的衣服，也没寻到。我看见母亲的一件灯草绒紫色短袄，就说要穿她的那件。母亲不说话，只是笑笑。父亲说了什么我没听清，只是听到他催我上学快走。还在老屋，还在那时，还在焦急和无奈。

原是一片残梦，梦中的母亲，已是一个二十二岁的姑娘，亭亭玉立，想必她也会做梦吧，但愿她在春天的梦最好。

俗人

一人一谷，是为俗；有人有谷，方为俗。谷生土中，无土不出谷。

想为俗人，其实不易。蜗居方城，土为混凝土，只长建筑物和假树，最多就是长些草，长不出谷，何以长成俗人？

小雪

我将整个身体裸露在正午的阳光之下。

刚一落座，就看见我的灵魂从肉体跑了出来。他说，快救我！我定睛一看，就在灵魂的身后，我发现了自私、无聊、堕落、慵懒和嫉妒。我对灵魂说，快从我的肉体上踏过，走到我的前面，有了阳光作为遮挡，他们就会在暴晒中一个个死亡。

这样的灵魂，在雪的守护中，就越发干净、清静。

新的一天

"让我们向新生的世界报到吧！"

新的一天，浓雾跑去，阳光又来。

让我们向新生的事业报到吧！

熬夜

就像梦里的容貌。

她说，已经有些憔悴了。这不要紧，要紧的是日子还在饥饿。

我对娘说，咋我的个子不长，肚子越长越大，肠子越长越空？娘不说话，看看我爹。爹不理我，只顾跟一只麻雀理论。麻雀说，是夜长长了。

弟弟说，夜长好做梦，我们快去睡了吧。

师傅

我要拜你为师。你和他们都是我的师傅，尽管你和他们也是别的他们的学生。

所有我的新鲜的、未见的、未知的，都是我想学的、也想你教的内容。

我要学着把心放低再放低，说不准就会碰到你认为毫无用处而于我大有裨益的某些东西，就算只是你吐出的唾沫星子，说不准就会肥沃了我贫瘠的土地。

坠落

坠落，是秋叶的最大快乐，越悲伤越生长。

发光，是太阳的本性，无论悲伤与快乐！

快乐，就是忘掉悲伤。

悲伤，就是弄丢了快乐。

如烟

往事随风而逝。

实事求是的工作和处心积虑的造假，低头拉车的驴子和随时抬头看路的哈巴狗——随意无处不在，认真时有发生。

有准备的机会和书到用时方恨少的悔恨。少年得志便猖狂和大器的晚成、大音的希声。

调研

听到领导要来，慌慌张张；给领导准备材料，加班加点。

接受领导问询，战战兢兢；目送领导上路，长呼一气。

迟到

我于某日上午10点到某村办事，他们说咋这么早就来了。

后来，我听说了某村上班的真正时间：9点半。

看来，我还是迟到了。

过去

走走，看看，想想，一天就过去了；想想，看看，走走，一年就过去了。

过去就去了，就像一直没有来。要来的都会来，就像太阳每天都是新的。

落地

阳光穿透我的骨髓，温暖全身。这是一个冬至前一天的下午，我离开地面66米，我感觉又可以靠近天空了。我想摸一摸天上的白云，可天上只有一片片的蓝。我听到飞机的叫声，它说，飞了这么远，终于可以落地。

两只鸽子依偎在房顶的一块横梁中间，背靠远山，眼望蓝天。我的灵魂对鸽子说，可让横木予我，聊寄悬空已久之壳。

忙

他们正在忙，我却在看手机。所以我知道了他们在忙，不然我以为他们和我一样，无所事事。

忙，好。

参与，在场，多好。

乡村话语

就像迎面走来的老农，他开口就说，说完就笑，笑完就走，走走停停。

就像那只看门的黑狗，来人就咬，咬了就摇尾巴，边摇尾巴边往你身上扑，边扑边跳。

就像一株草，秋天一到就枯黄，雪一来就睡觉，春天一来就赶紧从土里冒出嫩芽。

就像那些生在土里的人，童年玩泥巴，青年怕泥巴，中年躲泥巴，老年爱上泥巴，死了却成了泥巴。

就像那个院子，好不容易站立起来，千辛万苦肥大起来，千方百计打扮起来，但空总大于满，团聚总少于别离，孤独总多于热闹，恰似"不闻永昼敲棋声，燕泥点点污棋枰"。

满月

这是今年最后一个满月，也是新年第一个满月。

月在云间，人在月里。

在山上行走，一伸手就碰见了月亮的手。往山下行走，一抬脚就踩到了月亮的脚。

望见月亮的脸，就望见了母亲的脸；望见月亮的笑，就望见了女儿的笑。

今夜月满，月照他乡；心驰故乡，应遇满月。

为什么

有些人搞不清楚为什么工作，为谁工作，工作做什么，以为工作就是为了生活——甚至为了赚钱，以为工作就是为领导——甚至为了检查，以为工作就是上面要求做什么就做什么，上面安排什么就做什么。

真是奇怪又可叹。

小

都是些小切片，小视角，小情怀。就像一块麻布，天天擦拭尘埃，似乎成了一块灰布或黑布，放进水里一淘洗，又变成了麻布的本来颜色——原是那里的水净又静。

突然的醒来

2022年1月24日3点17分，我突然醒来，窗外下着雨。

我想，这雨似乎也是突然醒来的。我一推开窗，它就跌入我憔悴的脸。我想，它会不会发现我是突然地醒来？

这雨，浇湿我的残梦，我会不会也浇醒雨的残梦？

支撑

石磴，威武，慈祥，力量，温暖。藏于乡野，撑起安宁祥和，也撑起心酸彷徨。生生不息，息而不息。

醒春

一些还在酣睡，一些刚刚眯开眼儿，一些正在梳妆，一些已经盛放。这些春天的信使，这些春天的精灵，迎着春雨而来，拂着春风而来。是在喊春，是在唤春，是要醒春，是要开春。

嗅春

只需微微睁开眼，就可以看见春在田野里行走。只需轻吸一口，春就可以进到心里了。

探春

从沉睡中醒来，沐浴雨和阳光。舒展身子，甩开膀子，迈开步子。蓝的还有些局促，绿的还有些羞涩，红的一开门就红了。

春来

春天在你们那里，也在我们这里。你们的眼睛如此明亮，你们的心灵如此纯净，你们的双手辛勤耕耘，春天一刻也离不开你们。

春分

一阵风一个样儿，一场雨又一个样儿。

有些树，一直朝上生长，把枝条绘在天空，把叶子和花铺满天空。也有些树，向水下生长，它们以为你是从天上来的，或者以为你的眼睛长在天上。还有一些庄稼，比如麦子，你刚看到它们时还是绿得流油，一眨眼就金黄满地。

春分了，它们就各自朝向，各自生长，各自丰盈，各自繁华，以为你跟它们一样。

到乡村去

到土地那里去，到麦子那里去，到谷子那里去，到农场那里去，到群众那里去，到大地最需要的那里去。

孩子的心情

妈妈走了，他的天空一半没了颜色。在另一半的天上，只有父亲的期盼。

有一天，父亲走了，他的整个天就塌了下来。从此，他埋头走路，生怕从垮塌的天空掉下一把尖刀，不经意间就戳到他的肩上。

不容易

能有想干事的想法，不容易。

能干成一些事，不容易。

能将别人认为干不成的事干成，不容易。

招待

到我们村上来，最好的招待就是邀请你一起晒太阳。

空空

钱大爷背靠村里的一棵老柿树，面对夕阳，边抽旱烟边对一只刚刚睡醒的黑猫说，读书越多越感到没读过书，写字越多越感到写不好字，做事越多越感到一事无成。

黑石坡，地上长满了树，坡上没了石头，更没有黑石头，却多了一条石头铺成的路。天是蓝的，恰似小时候外婆洗过的床单一样干净，时时透着草木和皂荚的香气。

那时候母亲说，都去睡了，睡到太阳晒屁股都不要起来，节约几滴柴油用来抽水醒田呢。

眼力

春节返回城里的时候，满哥发现母亲的言语比往年多了些，事情也多了些。母亲说，青菜多带些，少买些，费钱；肉也多带点儿，城里多贵呀；没事儿就不要回来，来去几百里，要烧好多汽油呢；要是实在蹦不开（缺钱花），就提前说话，我们给你多少准备一些……

满哥觉得越来越不对劲儿，就问母亲咋觉得他的日子过得怪艰难似的。母亲慢慢说，满啊，我看出来了，你们今年收入不好，就省着用吧。满哥一脸疑惑。母亲说，我早已看出来了，你去年过年就穿的这身衣服，今年过年都没有换件新的呢！

三月

一场春雨，按下飙升的温度。叶子一夜猛长，花争先恐后地露脸。生命处处跃动，不等第一声惊雷。

错过

错过，也是一种享受。可以想象，可以怀念，还可以在梦里相见。

在场，可以身体在，可以眼睛在，可以耳朵在，可以鼻子在，也可以心在，还可以灵魂在。

花与叶

一些花，开在叶子到来之前；一些叶，在开花之前就满了枝。有时候，花在叶的陪衬下会更是花；有时候，叶在花的荣耀下就更像叶。

有些花，开了就谢了，也没有长出果实来；有些花，不等谢落，就已冒出绿豆大的果子。叶看得明白，花想得明白，树也明白。

我在党的成长里成长

> 每一次醒来，总有新的面孔；每一次成长，都迈开新的步伐。
>
> ——题记

二十年拔节，生长的身姿一直向上

20世纪70年代，我出生在川北苍溪县一个名叫何家梁的偏僻小山村。因为当年父亲刚好担任大队党支部书记，又添一男，全家高兴，便慎重地为我取名为党生，大概含有因党而生、为党而生之意。

80年代初，我所在的小山村实行土地包产到户，队里的"公房"、晒场也要下放各家各户，于是拆了房子，撬了晒场，将瓦片、檩子、椽子、门窗、石板、农具等堆成几大堆，一一抓阄分到各家。大约是1982年——一个丰收之年，我们家的粮食第一次装不下，第一次吃不完，先是黄灿灿的玉米堆满阶沿，又是金灿灿的谷子把囤子、柜子和箱子盛满。一天晚上，父亲将几麻袋谷子放在床上，倒在麻袋上睡。我一脸疑惑，父亲说地下潮湿，怕谷子着凉，枕着谷子睡，更踏实些。又过了一年的一天晚上，父亲从乡里开会回来，带回了第一个会唱歌的电器——春蕾牌收音机。于是，"孙敬修爷爷讲故事""小喇叭开始广播了"成了我们兄弟姐妹整个的暑假生活。

那年7月，我在苍溪县河地乡小学校（"戴帽"小学）读完初中，以优异的成绩考入四川省苍溪中学校。那年9月，我代表初一新生站在操场高高的讲台上，面对全校师生发言，稿子是我的语文老师兼班主任赵老师修改的。我站在那里颤颤地说："党生，就要听党的话，做党的好儿子；学生，就要认真学习，做党的好学生；人生，就要服从党的召唤，实现崇高的理想。"这不愧是我初心使命的呈现与首次表白。后来，我穿着王婆婆送我的"鱼眼睛"半新灯草绒布鞋，背上父亲特地找师傅为我编制的竹背篓，踏进了白鹤山下的那所四川省重点高中。从此告别了初中三年的"蘑菇床"，睡到了铁架子床的下铺，一间寝室仅有十张面孔。我坐在宽敞明亮的六边形教室听课，伏在藏有几万册书籍的图书室看书，站在银杏树下的阅报栏读报；我在公共澡堂里洗净污垢和臭汗，在雪梨山上闻醉梨花，在校园柳树林荫道上碰见长发飘飘的那个她……那时候总是感到饿得很快，身上却有使不完的劲儿，睡不醒的瞌睡，流不干的汗水……

80年代和90年代初的阳光，每天都是新的。祖国的各条战线改革猛进，捷报频传。我就沐浴在那些新鲜、温暖的阳光里，一天天拔节，一天天长高。

十年一剑，战斗的青春最美丽

1995年，当我怀揣大学毕业证书，顶着"预备党员"的荣光闯入社会大潮之时，现实却使我陷入沉默。国家大中专毕业生就业政策开始调整，实行毕业分配和面向市场相结合的就业政策。在我的不少同学勇敢进入企业的形势下，因了文字对我的偏爱，在童戈先生的鼎力推荐下，我有幸当上了一名"文字警察"，先后从事公安宣传、办公文秘工作，参与编辑出版报纸三百余期，编发两千余篇稿件，足迹遍及基层派出所，认识了众多基层民警、破案能手、科所队长，他们特别能吃苦、特别能战斗、特别能奉献的精神时时鼓舞我不断前行。我有幸目睹了涉稳事件处置中公安民警的沉着和果断，有幸见证了广元公安从管理到服务、既严格执法又热情服务、治安防控体系建设等重大体制改革，有幸参与了震惊川北的大要案件的采访报道……十年磨一剑，我真切感受到广元公安民警为守卫平安、护佑人民的辛劳、智慧和勇敢，也真心感受到，战斗的青春才是最美丽的风景。

八年军转，奉献的足迹暖民心

2005年，因工作需要，我被调入新单位从事军转干部工作。我常常感恩组织和领导，让我从事了一项全新的工作，使我的法律政策水平得到提升，组织协调能力得到锻炼，群众工作观念和为民服务、为民谋利的意识得到深化、固化和实化。八年的军转工作，我坚持把有限的政策融入无限的服务之中，努力做军转干部的贴心人，用奉献的足迹温暖着军转干部的心。军转安置工作受到全省表彰。参与在国家《转业军官》杂志推出的"萦绕大山深处的脊梁——朝天区委书记向成军"等优秀军转干部的楷模活动，引起社会广泛反响。创新"阳光安置、公开选岗"的安置办法，使军转干部按政策得到合理妥善安置，实现部队、地方、军转干部本人"三满意"和安置率、报到率"两个百分之百"的目标。坚持"到位执行政策、切实解决困难、认真化解矛盾"的工作思路，把党和政府的温暖及时送到军转干部的家里，直达他们的心坎。因为工作，我与一些军转干部成了"忘年交"和"老朋友"，常常同他们推心置腹地交流，有效解决了他们的一个个困难和问题。在2008年地震之后，军转干部踊跃捐款捐物，争当志愿者，开展互帮互助，为灾后重建献计献策，成了灾后重建的重要力量，深受党委、政府和人民信任。

六年改革，担当的勇气新作为

2013年，因干部人事调整，我被交流到新岗位从事事业单位人事管理工作——又是全新的工作，面临更大的挑战。组织和领导再次给了我锻炼和磨炼的机会，让我在不惑之年赶上了事业单位人事制度改革的步伐，让我有幸成了参与者和执行者。领导的嘱托和教诲，让我领悟了既严格执行政策又热情为民服务的真谛。我把管理寓于具体实践之中，规范开展公开招聘、岗位管理、就业创业、中小学教师和医护人员岗位设置管理等改革措施，创新民办学校人事管理，支持事业单位引进高层次人才，让事业单位公开招聘走在全省前列，让事业单位的公益性、社会性、服务性得到极大的发挥，激发了更多人才的主动性、积极性和创造性。四年的忙碌，我认识了更多更美的广元人，他们中有教师、医生、护士，有农艺师、工程师、造价师、建筑师，有高级工，还有普通工人和专业技术人员……他们在各条战线上奔忙、奉献、流汗，甚至牺牲，让我感到能为他们服务，真是我的荣耀和幸福。

2017年7月，再一次全新的开始，又一次归零的状态，我心底一片茫然。领导对我的信任和考验，让我有更多的机会学习公务员管理和干部人事政策法规，有更多机会为全市公务员奉献我的赤诚。我抓紧学习公务员法及其配套法律法规，抓紧熟悉办事程序和流程，抓住公务员考录、职位管理两大重点，在公务员"进、管、出"等环节做到依法、公开、公平、公正，以忠诚、干净、担当的勇气、底气和力气投入新的领域，创造了新的作为。

2019年2月，我被通知到新的单位报到；5月，被安排从事公务员考核奖励、工资福利、辞职辞退等工作。第五次工作调整，每一次都面临新的任务，都承载着祖国的改革步伐。新的单位，新的工作，我从当初的很不适应到很快适应。我相信，等待我的必定会是美好图画的绘就。

成长里的生长，一直成长

2021年，中国共产党迎来了百年华诞，我与党一起成长了四十余年。过去的岁月里，我们党不断加强自身建设，不断进行自我革命，从"三讲""三个代表""群教活动""两学一做"到"不忘初心，牢记使命"主题教育，我的灵魂一次次受到洗礼，我当初"听党的话，永远跟党走"的誓言已成为越来越坚定的信念。

在"奔五"的日子里，党的二十大迎面走来，我更感到人生正年轻，初心仍未改，使命还在肩。在为中国人民谋幸福、为中华民族谋复兴的伟大征程上，作为新时代的我们，更要以习近平新时代中国特色社会主义思想武装头脑，为建设高素质、专业化的公务员队伍用更多的心，出更多的力，流更多的汗。

愿我们党更加茁壮，愿我与党一起生长，一起成长。

后　记

　　万物和人的生命一源，富贵或贫贱的生活一律。用真心去倾听，去观察，去抚摸，去呼吸，然后用笔记录下跃动，可缀成文。

　　写作，讲究在场——或者身体在，或者心在，至少真情实意要在。

　　写作的路途上，有时候我们的声音很高，很沉，不经意引起了旁人的注意；有时候我们的说唱很柔，很硬，不得不刺激到周围的环境。于是宁静者不宁，躁动者更躁。有时候读者对我们表示了若干赞许，就算是作了评论；有时候读者对我们不屑、厌恶或反对，算是表达了他们的真意。也许我们很在乎这些，但对于那些文字本身并无多大意义。它们一样躺在那里，静静地，甚至心甘情愿地蒙受着烟尘。

　　突然在某个时候，有人对那些文字进行了收集、归纳、编印成一些大大小小、花花绿绿的册子，于是我们便有机会在更多的场合或者圈子内外遭受吹捧、棒打，之后收获一堆堆唾沫、证书、奖杯，或者一沓沓的票子。这时候，我们也许会觉得已经登上了舞台，但千万不要以为我们能"演"出什么好"戏"来。就算我们的"演出"获得了一两次的成功，观者也有眼睛疲劳、审美疲劳的时候，他们也会对我们的聒噪不闻不问，或者，说我们在亵渎几千年汉字的魅力，甚至举报我们浪费了不少草木造就的各色纸张。

　　写作的最初意愿在于呈现，反映现实生活或者虚拟生活中的生命状态与思想状态。但写作并非原始的、简单的游走记录，洋洋洒洒地晾晒，看风是风，听雨是雨。写作的使命在于照亮——照亮世间，照亮生活，照亮内心。让读者从中看见风外的风，雨外的雨，路外的路；在夜里看见光亮，照着前行的方向。只是太多的时候，我们只能做到粗制滥造的呈现，更谈不上照亮。好在大多数人依然坚持，依然固守，或许仅仅是对自己本身完成一种交代。

呈现，照亮，或者自娱自乐——写作的本意，如此而已。

在我写作将近三十年的时候，我的"第四胎"终于降生了，它距"第三胎"出生已经整整七年。在最近几年时光里，我对文字越发不由自主地尊重，对写作不由自主地格外慎重。

《风物》一书百余篇，有风，有物，有风物；凡人，小事，有故事。"长风"部分，主要收录眼中风景，风来长发飘逸，风过落叶带香；"细雨"部分，主要汇集短章、断章，似春雨细织，不觉声响却暗湿衣袖；"扬尘"部分，主要收纳所思所悟，其实大都是灵光一现。书中文字都发自内心，文中情愫都蕴满真诚。

我要向生活和生活中的人、树、花、草、牛、鸟、水、风等表达我深深的敬意。我要诚恳地致歉，向我对文字的随意、践踏，甚至对它们的呼唤而应付或者置之不理表示我深深的歉意。我要掏心地致谢，向各位老师、编辑、朋友和家人的关心、关怀、关爱致以深深的谢意。

是生活养育了我，是文字成全了我。我的梦从童年开始。自从与文字相识、相知、相爱，我的梦不再孤独、孤单和寂寞。

万物有灵、有命、有话，但愿我能感知一二，护佑一二，明白一二；但愿我的读者能从中寻觅一二，记起一二，丢弃一二。

2022年春改于利州日月居